辛弃疾词20讲

黄玉峰　王召强○主编

谢丽虹○编

上海科学技术文献出版社
Shanghai Scientific and Technological Literature Press

图书在版编目（CIP）数据

辛弃疾词二十讲 / 谢丽虹编． —上海： 上海科学技术文献出版社，2021

（中学生整本读经典丛书）

ISBN 978-7-5439-8246-8

Ⅰ．①辛… Ⅱ．①谢… Ⅲ．①宋词—选集 Ⅳ．①I222.844

中国版本图书馆 CIP 数据核字（2020）第 260764 号

策划编辑：张 树
责任编辑：苏密娅
封面设计：留白文化

辛弃疾词二十讲
XINQIJI CI ERSHI JIANG
黄玉峰 王召强 主编 谢丽虹 编
出版发行：上海科学技术文献出版社
地 址：上海市长乐路 746 号
邮政编码：200040
经 销：全国新华书店
印 刷：常熟市人民印刷有限公司
开 本：720mm×1000mm 1/16
印 张：8.5
字 数：134 000
版 次：2021 年 1 月第 1 版 2021 年 1 月第 1 次印刷
书 号：ISBN 978-7-5439-8246-8
定 价：30.00 元
http://www.sstlp.com

目录

第一讲　潇湘路上遇故知

阮郎归·耒阳道中为张处父推官赋

山前灯火欲黄昏，山头来去云。鹧鸪声里数家村，潇湘逢故人。

挥羽扇，整纶巾，少年鞍马尘。如今憔悴赋招魂，儒冠多误身。

解说

《阮郎归·耒阳道中为张处父推官赋》是辛弃疾于淳熙六年至七年(1179—1180)所作，此时的他正于湖南任安抚使一职。一日，其在耒阳道上，路遇故友张处父，情之所至，写下此词。

全词可分为两个部分。上阕写景，营造独在他乡的凄凉环境，反映其路遇故友的喜悦，也写出了其平素生活的孤独与落寞；下阕直接抒情，向友人吐露内心的痛苦与矛盾。词中巧妙而又自然地运用了典故。词虽短，愁情却深。

注释

耒阳：县名，即今湖南耒阳。

推官：州郡所属的助理官员，常主军事。

数家村：几户人家的村落。宋王安石《即事》："纵横一川水，高下数家村。"

潇湘逢故人：语出南朝柳恽《江南曲》，"洞庭有归客，潇湘逢故人"。潇湘，湖南省的潇水和湘江，这里指湖南。

纶巾：有青丝带的帽子。

鞍马尘：指驰骋战马。

儒冠：读书人戴的帽子，指代书生。

身：自己。

翻译

山前灯火闪烁，此时已接近黄昏，山头之上，朵朵浮云飘来飘去。鹧鸪的叫声在住着数户山村人家的地方响起，我在湖南路遇故人。

我年少之时，也曾像手执羽扇、头戴纶巾的魏晋儒将一样潇洒，指挥千万军马与敌奋战。如今落魄衰老，只能写《招魂》那般的文章来招逝去的灵魂返回故里，可能自古书生大多都会贻误自身。

诵读点拨

淳熙三年(1176)，辛弃疾从江西调往京西，由提点刑狱转任转运判官。第二年，被调往江陵，任知府兼湖北安抚使，之后又历江西安抚使、大理寺少卿、湖北转运副使等官，于淳熙六年(1179)又调任湖南。这首词便写于其在湖南任职期间。此时的朝廷被议和派把持，忠良遭到排挤，有能之士被人陷害，整个南宋政府都被阴云所笼罩。在这种情况之下，纵使词人有万般才能，心怀救国之壮志，也无用武之地。

故而在词的一开头，辛弃疾便描绘了一幅昏暗浮动的画面：黄昏将至，灯火已经点起，在屋中闪闪烁烁，山头的浮云亦飘飘荡荡，无所依靠。以此反映其内心的漂泊无依，将自然之景与人物之情巧妙地结合在了一起。且在首句中，词人以一个“欲”字将夕阳刹那间的状态展现在了读者眼前，太阳欲落未落，夜幕将至未至，光线既不明朗，又未全暗，将傍晚时分的山村之景全然绘于纸上。

此外，词人亦从听觉入手，以鹧鸪之声，增凄凉之感。自古以来，鹧鸪的叫声被人赋予了丰富的内涵，因其叫声与“行不得也哥哥”十分类似，故而许多文人都将其看作愁苦的象征。在《菩萨蛮・书江西造口壁》中，辛弃疾“江晚正愁余，山深闻鹧鸪”两句将“鹧鸪啼”与悲伤联系了起来，让诗歌蒙上了一种凄凉的色彩。在这首词中亦不例外，他将鹧鸪的声音放在黄昏时刻没有几户人家的山村中，无论是在时间上还是空间上，都使人倍感颓败与悲凉，将词人对前途的担忧与心境的凄凉表现得淋漓尽致。在心理表现层面上，较前两句更为明显。

但在接下来的场景中，词人的心情产生了巨大的变化，一改忧郁的风格，打破了沉闷压抑的氛围，转为他乡遇故知的欣喜。在此处，辛弃疾化用梁代柳恽所写的《江南曲》中“洞庭有归客，潇湘逢故人”两句。“潇湘逢故人”，既点明了事情发生的地点，与词题相扣，又具有承上启下的作用，与下阕抒发词人内心的内容相衔接。

这首词的下阕主要采取了用典的手法，描述辛弃疾在见到友人后，两人所聊的内容。

词人先以苏轼在《念奴娇・赤壁怀古》中所描述的“羽扇纶巾，谈笑间，樯橹灰飞烟灭”的周瑜形象自比，将自己当初与金兵交战时的英姿展现在了读者的面前。如今回想过往，词人心中定有许多的感慨。当年自己渡淮南归，正是为在击退金兵，收复国土的事业中，做出一番成绩。可后来却屡遭排挤，多次被调任，而自己上奏的抗金之策，也无人问津，不过废纸一张而已。因此，他发出了“如今憔悴赋招魂，儒冠多误身”的感叹。

词人在末尾，运用了“招魂”这一典故。《招魂》是《楚辞》中的一篇，如今对其作者说法不一。有人说，此为屈原为悼念客死秦国的楚怀王所作，借招怀王之魂来对楚顷襄王的生活之骄奢进行讽谏。也有人说，这是宋玉为招屈原之魂所作。但无论何种说法，我们都可以看到，在《招魂》一篇中，以“魂兮归来”为主旋律，呼唤亡灵回归故里。所以，“招魂”常被用来表示思念家乡故友或形容神不守舍。而在此处，辛弃疾引用这一典故，乃是为了表明自己对于现状的不满与哀怨：曾经在战场上指点江山的我，如今却只能在家中写文招魂，空有一身才华，却无处施展。

“儒冠多误身”一句，则是借用杜甫所作的“纨绔不饿死，儒冠多误身”而成。虽说此句的文字在这两首作品中全然相同，但是作用却截然相异。杜甫在诗中，将“儒冠”与“纨绔”进行了对比，为的是体现人们的生存状态完全被金钱与权力所左右的不公，无能的贵族子弟不会被饿死，但是有才能的寒门之士却被贻误终身。而辛弃疾在此处是为表达自己内心的痛苦。他认为，自己之所以会沦落到如今这般落魄的境地，是因为百无一用是书生的缘故。

末尾两句，体现了辛弃疾对于南宋议和派排挤压迫爱国之士的控诉，表达了其对于朝廷的不满以及强烈的爱国之情，读来使人不禁垂泪。

名家品词集

1.《宋词鉴赏大全集》：辛弃疾运用典故巧妙而自然，将对自然的描写与自己的心理状态密切结合起来，特别是结尾处的两句，更显作者感情的凄凉和悲怆。

2.《辛弃疾词鉴赏辞典》：最后两句，语调低沉，感情凄怆，读之令人垂泪，引起对词人的无限同情。

玩味辛词趣

1. 词谱秘籍

阮郎归·耒阳道中为张处父推官赋

（○平声　●仄声　⊙可平可仄　△平韵　▲仄韵）

山前灯火欲黄昏，山头来去云。鹧鸪声里数家村，潇湘逢故人。

⊙○⊙●●○○，○○●●△。⊙○⊙●●○○，○○●●△。

挥羽扇，整纶巾，少年鞍马尘。如今憔悴赋招魂，儒冠多误身。

○●●，●○○，●○○●△。⊙○⊙●●○○，○○○●△。

这首词的韵脚为“云”“人”“尘”“身”。

2. 字句对碰

（1）在《阮郎归·耒阳道中为张处父推官赋》一词的上阕中，从声音角度来表现环境之凄清的句子是哪句？

______

（2）在《阮郎归·耒阳道中为张处父推官赋》一词中，哪句话可表现出当时光线的昏暗？

______

（3）通过鹧鸪之声来表示环境凄凉的诗句、词句还有许多，请列举一二。

______

3. 我问你答

（1）在《阮郎归·耒阳道中为张处父推官赋》一词的下阕中，词人运用了什么手法描绘了一个少年时期意气风发，而如今落魄憔悴的人物形象？（　　）

A. 对比与用典　　B. 夸张与借代

C. 对偶与排比　　D. 比拟与对比

（2）在这首词中，表现了词人哪些情感？请简要概括回答。

______

4. 诗词运用

请根据提示，把下面的诗句填写完整。

____羽扇，____纶巾，_______鞍马尘。

5. 诗词游戏

请用“火”字集诗句。

____

6. 读词写文

词中最后一句“如今憔悴赋招魂，儒冠多误身”抒发了词人的情感，请结合辛弃疾的生平，写出你对此的理解。

____

____

7. 诗词对碰

辛弃疾在词中，融入了苏轼描写周瑜飒爽英姿时所用的“羽扇纶巾，谈笑间，樯橹灰飞烟灭”一句来自比，你认为这样的化用有什么好处？二者所要表达的情感是否相同？请结合两首词作，进行具体分析。

____

____

____

____

第二讲　赠友人词

贺新郎·把酒长亭说

陈同父自东阳来过余，留十日。与之同游鹅湖，且会朱晦庵于紫溪，不至，飘然东归。既别之明日，余意中殊恋恋，复欲追路。至鹭鸶林，则雪深泥滑，不得前矣。独饮方村，怅然久之，颇恨挽留之不遂也。夜半投宿吴氏泉湖四望楼，闻邻笛悲甚，为赋《乳燕飞》以见意。又五日，同父书来索词，心所同然者如此，可发千里一笑。

把酒长亭说。看渊明、风流酷似，卧龙诸葛。何处飞来林间鹊，蹙踏松梢微雪，要破帽多添华发。剩水残山无态度，被疏梅料理成风月。两三雁，也萧瑟。

佳人重约还轻别。怅清江、天寒不渡，水深冰合。路断车轮生四角，此地行人销骨。问谁使、君来愁绝？铸就而今相思错，料当初、费尽人间铁。长夜笛，莫吹裂。

解说

辛弃疾与陈亮之间的友情乃是一段佳话。

淳熙十五年(1188)冬，陈亮远道而来，拜访辛弃疾，二人同游鹅湖。虽然这次会面仅有十天，但是对辛弃疾来说，是一段很有意义的经历。陈亮回去之后，辛弃疾便写了这首《贺新郎》，二人往返唱和，各写了三首。而在这些词中，都没有离开抗金这一中心思想。

《贺新郎·把酒长亭说》一词中寄托了词人对于他们鹅湖相聚又分别的悲伤。在词的开首，便表达了词人对于陈亮品格的欣赏。随后以冬日之景物来暗示南宋山河的破碎，但又以疏梅几点，表达了自己对于未来的希望。在下阕中，辛弃疾主要写了二人别后，自己追赶友人却失望而归的经历，也暗示了自己在仕途上的理想未能实现。“铸铁之错”是指词人放友人离开的错误，表达了二人间的友谊之深厚，也是指南宋统治者不思北征而铸成的国家大错。词的末尾以悲痛之语收束，完善了全词沉郁顿挫的特色。

注释

陈同父：即陈亮(1143—1194)，字同甫(父)，号龙川，南宋婺州永康(今浙江永康县)人。

东阳：即今浙江金华。

过：访问，探望。

鹅湖：在江西铅山县东北，山上有湖，原名荷湖，因东晋龚氏居山养鹅，更名鹅湖。

朱晦庵：即朱熹(1130—1200)，字元晦，号晦庵。

紫溪：在铅山县南四十里，为建阳、上饶的必经之道。

追路：追随，追赶。

鹭鸶林：地名，古驿道所经之地。

方村：村庄名，在鹭鸶林西南。

泉湖：地名，在信州东，方村附近。

《乳燕飞》：《贺新郎》的别名，因苏轼《贺新郎》有“乳燕飞华屋”句而得名。

长亭：古时在城外道路旁每隔十里设立的亭子，供行旅休息，或饯别亲友。

渊明：陶渊明，这里指陈亮。陈亮没有做过官，所以辛弃疾把他比作躬耕柴桑的陶渊明。

风流：高洁宏远的风度和志趣。

卧龙诸葛：未出山前的诸葛亮。这里是称赞陈亮，说他和诸葛亮一样，有杰出的政治才能。

蹙踏：踩踏。

剩水残山：凋敝的山水。

无态度：不成样子。

佳人：美好的人，指君子贤人、好友。这里指陈亮。

重约：重视约定。五年前，陈亮约访辛弃疾，因被诬下狱未能践约，此次方践旧约。

轻别：轻易地分别。

车轮生四角：谓道路泥泞，车轮像长了角一样，不能转动，无法前进。

长夜笛：唐代著名笛师李謩在宴会上遇见善吹笛的独孤生，就把自己的长笛拿出来请他吹奏。独孤生说此笛吹至乐曲“入破”处必裂，一试果然。这里用此典关合题序“闻邻笛悲甚”之意，希望他不要把笛子吹裂，自己实在受不了笛声之悲。

翻译

陈亮自东阳来会见我，留居十日。我俩同游鹅湖(江西铅山县境内)，后又同赴紫溪等候与朱熹会晤，而朱没来，陈亮飘然东归。别后的第二天，我十分恋恋不舍，又想追送他一程。走到鹭鸶林，遇雪深泥滑，我难以前进。便独自在方村饮酒，惆怅了许久，恨自己挽留不住好友。我于夜半投宿吴氏泉湖四望楼，听到邻家吹笛，笛声很悲伤，便写下了《贺新郎》寄托情思。过了五天，陈亮来信索取词作，我俩千里相隔而心思相同，料想彼此会发出会心的微笑。

手持酒杯与你在长亭话别，你安贫乐道的品格恰似陶靖节，俊逸杰出的才干又像那卧龙诸葛。不知何处飞来的林间鹊鸟，踢踏下松枝上的残雪。好像要让我们俩的破帽上，增添上花白的头发。草木枯萎，山水凋残，冬日的景物都失去了光华，全靠那稀疏的梅花点缀，才算有几分生机令人欣悦。横空飞过的两三只大雁，也显得那样孤寂萧瑟。

你是那样看重信用来鹅湖相会，才相逢又轻易地匆匆离别。遗憾天寒水深，江面封冻不能渡，无法追上你，令人怅恨郁结。车轮也如同生出了四角不能转动，这地方真让惜别的行人神伤惨切。试问，谁使我如此烦恼愁绝？放你东归已经后悔莫及，好比铸成的大错用尽了人间铁。长夜难眠又传来邻人悲凄的笛声，但愿那笛音止歇，不要让长笛迸裂。

诵读点拨

辛弃疾在这首词中追忆了自己与陈亮同游鹅湖时的一些情景，同时抒发了自己对于友人离开的不舍，是辛弃疾众多词作中的名篇。

词序是交代词的写作背景、本事或主题的文字。在苏东坡后，词序在词作中的地位有了明显的提高，辛弃疾的词作中亦多有词序，但是百字以上的序却不多见。故而这首词中，一百二十余字的词序成了其一大特色。这篇词序如一篇小散文，讲述了两人相会、分离的故事：相会时同游甚欢，别后词人不舍，上前追赶，但途中受挫，欲追而不得，万分惆怅，写词寄托情思。不久，收到友人来信索要词作，为二人的默契感到欣喜。以上内容与词作的内容无重复之处，还与原词相互映衬，使得事与情俱佳，生发出了不一样的美感。宋代姜夔虽说善写词序，但是内容多与词重复，与辛弃疾的这一篇相比，还是略逊一筹。

辛弃疾借这首词抒发了自己与陈亮之间的深厚情谊，而在抒情的同时，又赋予了词句深刻的象征意味。

上阕，词人先从长亭写起。古诗词中，常以“长亭”表“依依惜别”之意。古时，大道上设有亭子供往来的行人休息，通常是十里一长亭，五里一短亭，而人们总会在长亭饯别，故而一提起长亭，便会有惆怅、悲伤的特殊感情。现在，为人们所熟知的《送别》一曲中，便有歌词“长亭外，古道边，芳草碧连天”一句，此处的长亭，亦是依依不舍之意。而在这首词中，首句便说长亭送别，也是为营造不愿与友人分离的氛围。可在词中，辛弃疾并未正面来描写二人依依惜别的动作与神态，而是用了一个“说”字，领起下文。他们在长亭送别时所述的内容，也不是互诉不舍，而是用古事来比照今情。在他们二人看来，归隐田园的陶渊明与在乡野中被起用的诸葛亮同样风流。他们就像硬币的两面一样，不分高低，也没有对错，只是选择不同罢了。而词人把陈亮比作陶渊明和诸葛亮，一方面是为赞扬陈亮不为官场名利所累，一心向往自由的品格与陶渊明相似，另一方面则是夸其胸中的雄才伟略，与高卧隆中，不出门便知天下事的诸葛亮一般无二。这并非因为辛弃疾对他有所偏爱才如此说，陈亮在政治和军事上确实拥有自己的独特见解。他曾经三次向孝宗上书，主张进行内政改革，并且希望朝廷改变主和的态度，迎战金兵，恢复失地。且他的主张并非仅仅停留在肤浅的理论上，在《中兴十论》中，他还给出了具体的规划。由此可见，陈亮确有才干。原本，分别就是一件令人悲伤的事情，而分别的对象又是如此不凡之人，怎能不让人心生留恋？此外，陶渊明与诸葛亮两人，本就是词人喜爱的，以自己的崇拜对象来形容陈亮，可见辛弃疾是发自内心地欣赏他，把他当作了挚友。

后文的“何处飞来林间鹊，蹙踏松梢微雪”两句则描绘了他与陈亮分别时长亭的景色。所述的对象，不是静态的景物，而是动态的生物，将林间踏雪的飞鹊与“要破帽多添华发”相连，使画面显得灵动有趣。辛弃疾与陈亮相谈甚欢之时，不知从哪片林中飞出了几只喜鹊，将松树梢头的积雪踢落下来，点点积雪落在他们的破帽上，好像是鸟儿故意要让词人增添一些白发。虽只有寥寥数笔，可作用却不容小觑。这句话不仅点明了分别的季节是大雪纷飞的冬季，也将辛弃疾与陈亮交谈时的融洽欢快的氛围表现了出来。但我们也应注意到，在“要破帽”一句中，词人虽以一种戏谑的语言进行表达，但实际上也传达了自己对于时光流逝，头上华发已生的无奈与悲伤，与赞美陈亮的话相对照，使得内心的悲情进一步加深，为下文描写萧瑟的冬景做了一定的铺垫。

亭外之景，满目萧条。寒冬的山水凋敝得不成样子，失去了姿态与神韵，幸而有几株梅花，为它增添了几分风情。空中虽有两三只雁飞过，但仍显得萧条凄凉。这几句表面是写冬景萧瑟，但实际上是运用了比兴的手法，暗含着南宋朝廷已处于苟延残喘的状态之中，大好江山已呈山河破碎之状。“疏梅”与“两三雁”则是指力主抗金的志士，他们势单力薄，艰难困苦。字里行间，蕴含深远的忧国情思。

从以上的分析，我们可以看到，词的上阕皆是围绕着送别来写的，但是词人通过描绘景物所抒发出来的情感却远远超过了送别的范畴，更有对于国家未来的忧虑与深思。

词的下阕则描绘了二人分别后的场景，将词人对于陈亮的不舍刻画得真挚而又动人。

在下阕的开头，便点出了陈亮的离去，为下文写他追赶朋友的情景做铺垫。追赶的路上，江水被冰覆盖，陆路泥泞不堪，水陆交通都不通畅，词人急切地想要追赶，却无路可走，二者置于一处，更显焦灼绝望，虽说不愿，但追赶之事只好作罢。在此处，辛弃疾添加了一些虚构的场景，实际上，他是从陆路去追赶陈亮的，但是他特意将水路的情况也写进了词中，更加深了自己的无奈之感。此外，他还运用了“车轮生四角”的典故，生动地写出了行路的困难，在这样的路途上行走，想追回朋友，可却无力前行，令人深感悲伤，致使“行人销骨”。后文也便顺势发问“问谁使、君来愁绝？”凭空抛出一问，使词文之意又更进一步，表现出了萦绕在心头的别情，无法可解，令人惆怅。

之后，辛弃疾又运用极其夸张的抒情，将自己没能留住陈亮的后悔比作了费劲了人间的钢铁才铸成的错误，词刚气烈，一语双关。在这种强烈的后悔背后，更是作者对于南宋统治者不采用武力反击，而主张投降，使得现在南北分裂，山河破碎的痛心。

结尾“长夜笛，莫吹裂”两句则与词序中所述“闻邻笛甚悲”之语相照应，并且将向秀《思旧赋》的悲凄意境与独孤生吹笛入破而使笛裂的故事融入其中，令人感到长夜漫漫，黑暗漫无边际，破晓的希望无处可寻，而凄清的笛声就在这样的黑夜中回荡，撕人心肺。全词在此种悲凉的意境中结束，情谊更显绵长。

整首词设喻新巧，写景幽峭，但除了写作手法上的新奇和直白显露在读者面前的相思之情以外，还蕴含着作者对国家未来的深切忧虑。

名家品词集

1. 李佳《左庵词话》：辛稼轩词，慷慨豪放，一时无两，为词家别调。集中多寓意之作，如《摸鱼儿》……又如“剩水残山无态度，被疏梅料理成风月。两三雁，也萧瑟。”此类甚多，皆为北狩南渡而言。以是见词不徒作，岂仅批风咏月。

2. 俞陛云《唐五代两宋词选释》：稼轩与陈同甫别后，意殊恋恋，往追之，雪深不得前，赋词见意。越日，同甫来索词，两心相同，有如此者。稼轩与同甫，为并世健者，交谊之深厚，文章之振奇，可称词坛瑜、亮。此词为惬心之作。首三句言渊明之高逸，而以卧龙为比。如尚父之磻溪把钓，景略之扪虱清谈，避世而未忘用世也。“飞鹊”三句写景幽峭，兼有伤老之意。“剩水”二句见春色无私，不以陵谷沧桑而易态。兼有举目河山之异，惟寒梅聊可慰情耳。下阕言车轮生角，自古伤离，孰使君来，铸此相思大错。铸错语而用诸相思，句新而情更挚。通首劲气直达中不使一平笔，学稼轩者，非徒放浪通脱，便能学步也。

玩味辛词趣

1. 词谱秘籍

贺新郎·把酒长亭说

（○平声　●仄声　⊙可平可仄　△平韵　▲仄韵）

把酒长亭说。看渊明、风流酷似，卧龙诸葛。何处飞来林间鹊，蹙踏松梢微雪，要破帽多添华发。剩水残山无态度，被疏梅料理成风月。两三雁，也萧瑟。

⊙●○○▲。●○○、⊙○⊙●，●○○▲。⊙●⊙○○⊙●，⊙●○○⊙▲，⊙●●○○⊙▲。⊙●⊙○○⊙●，●⊙○○⊙●○○▲。⊙●●，●○▲。

佳人重约还轻别。怅清江、天寒不渡，水深冰合。路断车轮生四角，此地行人销骨。问谁使、君来愁绝？铸就而今相思错，料当初、费尽人间铁。长夜笛，莫吹裂。

⊙○⊙●○○▲。●○○、⊙○○⊙●，●○○▲。⊙●⊙○○⊙●，⊙●○○⊙▲。⊙●●、○○⊙▲？⊙●⊙○○⊙●，●⊙○、●⊙○○▲。⊙●●，●○▲。

在这首词中，韵脚为“说”“葛”“雪”“发”“月”“瑟”“别”“合”“骨”“绝”“铁”以及“裂”。

2. 字句对碰

（1）在词的下阕中，哪句表现了词人对于自己没能留住友人的极度后悔之情？

（2）古往今来，表现深厚友情的诗词还有许多，请你列举一二。

3. 我问你答

词的上阕描写了许多的景物，其中哪种景物表明了词人在面对破碎的山河时，心中还带有收复国土的希望？（　　）

A. 林间鹊　　B. 残梅　　C. 微雪　　D. 雁

4. 诗词运用

请根据提示，把下面的诗句填写完整。

问谁____、君____愁绝？____就而今相思错，料当初、费尽人间____。

5. 诗词游戏

请用“酒”字集诗句。

6. 读词写文

在这首词中，表达了词人复杂的情感，有对友人依依惜别之情，有年岁已老的悲怆之情，亦有对国家的忧虑之情。请你选取其中一种，从文中寻找证据，进行解析，并结合你自己的生活，谈谈对此的理解。

第三讲　江行叹古今

满江红·江行和杨济翁韵

过眼溪山，怪都似、旧时相识。还记得、梦中行遍，江南江北。佳处径须携杖去，能消几緉平生屐。笑尘劳、三十九年非、长为客。

吴楚地，东南坼。英雄事，曹刘敌。被西风吹尽，了无尘迹。楼观才成人已去，旌旗未卷头先白。叹人间、哀乐转相寻，今犹昔。

解说

《满江红·江行和杨济翁韵》是辛弃疾于淳熙五年(1178)所作的触物伤怀之词。当时词人正在从临安前往湖北的途中，在路上，他以词代书信，为杨济翁和周显先写下了这首词。

此词是辛弃疾于江上有感而发写下的作品，但是全篇并无景物描写，而是将自己的政治感慨与怀古之情结合起来进行讲述。通过对往昔英雄的追忆与如今他们的踪迹已无处可寻的哀叹，表现了词人既渴望能和历史上的英雄一样建功立业，又对朝堂之事感到厌倦，想要退隐，游历山川。可见其内心的矛盾与痛苦。

注释

“怪都似”句：隐含有时光迅速，不觉间已是旧相识了的感叹意味。稼轩南归初期，曾有一段漫游吴楚的生活经历，通判建康后，也大体宦游于吴楚一带，故有此感。

“能消”句：语出《世说新语·方正篇》，阮孚好屐，曾叹曰：“未知一生当着几量(通‘緉’)屐。”緉(liàng)，一双。屐，木底有齿的鞋，六朝人喜着屐游山。

尘劳：风尘劳辛，指其宦游生涯。

三十九年非：回顾三十九年，一切皆非。

“吴楚”两句：此化用杜甫《登岳阳楼》中诗句，“吴楚东南坼，乾坤日夜浮”。杜诗极言洞庭湖宽广，似将中国大地分裂为二。坼(chè)，裂开。

“英雄”两句：谓图英雄霸业者，惟曹操和刘备相与匹敌。曹操尝与刘备论时事，曰：“今天下英雄，惟使君与操耳。”(《三国志·蜀志·先主传》)此明颂曹、刘，暗扬孙权。盖当时堪与曹、刘争雄天下者惟孙权，而他正霸居吴楚一带。

“被西风”两句：言历史遗迹被无情西风一扫而尽。

"楼观"两句:感慨宦迹不定,事业未就而鬓发先白。楼观才成,楼阁刚刚建成。
"叹人间"两句:谓哀乐相循,古今同理。言外之意,大可不必计较。转相寻,循环往复,辗转相继。

翻译

眼前的山山水水,都似曾相识。还记得在梦中已将万里江山走遍。游赏那些风景名胜,只需带上手杖即可,耗损不了几双木屐。可笑我忙忙碌碌,却有三十九年做得不对,长期做来去匆匆的过客。

吴楚之地被宽广的洞庭湖一分为二。曹操、刘备皆是当世的英雄。可惜那些英雄豪杰,都已成了旧事,如今已没有一丝痕。楼台刚刚建成,却已不见人踪;壮志未酬,我却满头白发。可叹人世间的悲欢,不过是在循环往复,从古至今都是如此。

诵读点拨

《满江红·江行和杨济翁韵》一词虽说只有上下两阕,但是从意思上来看,共可分三层。

上阕为第一层,描写的是辛弃疾泛舟江上,看到沿江山水勾起了昔日回忆,从而产生了虚度时光的痛惜。

长江中下游地区山川秀丽,辛弃疾南归之初,便尽情地游历了一番。乾道元年(1165)至三年(1167),辛弃疾漫游了吴楚之地,足迹遍及大江南北,饱览了这一带的山水之景。但自乾道四年(1168)开始,他被频繁地调动职位,辗转于各地任职,十年间无缘山水。此时,眼前重现秀美的山川,心情定是激动万分,游历时的记忆亦涌上心头,使得眼前的山水给他"都似旧时相识"之感。在此处,词人以"过眼"二字来形容"溪山",令人感到行舟江上之时,山山水水都朝着自己走来的惬意,在静态的文字上增添了动态的美感。而一个"怪"字,则透露了词人心中的震惊与疑惑,如此相似却又不能认定,正如我们在遇到久别重逢的故友时所产生的情感一样。

而"还记得、梦中行遍,江南江北"一句,不仅在结构上产生了虚实对比之妙,也表达了词人心中的真实感受,曾经的那些往事还隐隐约约地记得,可却朦朦胧胧,忆不真切,就如同旧梦一场。当然,这种恍惚的深思,不仅是因为游山玩水的时光已远去的缘故,更是词人多年于宦海沉浮,却仍未实现心中的理想所产生的疲惫导致的结果。官场之上，真假难辨，人心难测，使人难以喘息。相较之下，旧时游历山水的日子，就如幻梦一般，美好得有些不真实。故而以上数句，虽似在回忆往昔，但都暗含着“尘劳”之意。同时，也可看出自然之景对词人产生了极大的吸引力。词人紧接着便写了：“佳处径须携杖去，能消几緉平生屐。”这句话乃是从《世说新语》“未知一生当着几量（緉）屐？”改变而来。原句意在感叹人生的短暂无常，而此处意为若要寻访名山大川，只需拿上手杖与几双木屐便可，多么的洒脱与自由，可自己在过去的三十九年都做错了。“三十九年非”一句套用了春秋时期卫国大夫蘧伯玉“年五十而知四十九年非”，当时的辛弃疾正值四十，故而说是“三十九年非”。从表面上来看，这是词人对自己虚度了过去大好年华的自嘲，但是生活与命运又岂是自己能把控的呢？人总是会被外界的事物所影响。看似是对自己曾经所作所为的嘲笑，实际却透着词人深深的无奈。尤其是“长为客”三字，饱含着深深的忧愁。这是词人回顾自己过去四十年的人生后所发出的感慨，南归已久，可当时的理想与抱负却没有一件得以实现，一生忙忙碌碌，为他乡之客，还是无望收复失地。旷达的字句背后，暗含着词人沉郁的心情。

下阕共有五句，前三句为第二层，是词人在看到山川地势之后，对三国时期英雄事迹的追怀。吴楚地是指长江中下游地区。“吴楚地，东南坼”是辛弃疾化用杜甫《登岳阳楼》中的“吴楚东南坼”一句而成的，用以表现他在江上行舟之时所看到的景物之壮阔。这样的山水，令他想到了三国时期占据此地、对抗强敌的孙权，也想到了曹操与刘备煮酒论英雄之事。在曹操的眼中，天下英雄唯他与刘备，但是孙权却与他们同分天下，可见其能力之超群，亦可知辛弃疾对孙权的钦佩与欣赏。在这四句中，词人大力赞扬了吴楚之地的景与人，同时，也展现出了自己满腔的豪情壮志。但是，即使如孙权一般的人物，最终也免不了“被西风吹尽，了无尘迹”的结局。在这里，词人有追慕，有感慨，也有自己无法追随这样的英雄东征西战的惋惜。

末尾两句另起一意，为全词的第三层。在这两句中，词人将前两层的意思进行了一个汇总，抒发的感慨更为激愤。“楼观才成人已去”由苏轼的“楼成君已去，人事固多乖”转化而来，承接上文对孙权的追怀，意为吴国的基业刚刚成形，孙权便撒手人寰，匆匆地离开了这人世间。而“旌旗未卷头先白”一句则是词人对自己经历的感叹，由对古人的叹惋，转到了对现实生活的忧伤，意指自己收复失地的理想还未实现，可头发却已花白。

最后，辛弃疾综合古人之事与自己的经历，得出了结论：无论是过去还是现在，人间的悲欢都是在不断地循环往复着的。在他看来，命运从不是自己可把控的。这样的结论颇具宿命论的色彩，展现出了其对于现实无能为力的悲伤。

这首词虽是江行叹古今，但是并没有对景物进行细致的描写，而是将自己对于生活的感叹贯穿始终；虽说用语大多含蓄，但是并未运用比兴的手法，而是直抒胸臆，与传统词作重婉约、重比兴的特点截然不同。由于词人在其中融合了对现实政治的感慨以及对古代英雄的追怀，将自己心中厌倦官场、退隐山水的意愿与像古代英雄一样建立功业的雄心壮志放在一处进行表达，使人感受到其内心深处的矛盾与痛苦，令人动容。

名家品词集

1. 卓人月《古今词统》：长使英雄泪满襟。

2. 陈廷焯《云韶集》：起数语便超绝。回头一击，鱼龙飞舞，淋漓痛快，悲壮苍凉，敲碎玉唾壶。

3. 俞陛云《唐五代两宋词选释》：《满江红》词易于纵笔，以稼轩之才气，更如阵马风樯，但豪放则易近粗率，此作独疏爽而兼低徊之思。“佳处”二句深表同情。余生平所历胜境，回味犹甘，而重游无望，知佳处径须携杖，不可使清景如追逋也。下阕非特俯仰兴亡，即寻常之丹艭未竟，已钟鼓全非者，不知凡几，真阅世之谈。“今犹昔”三字尤隽。后之感今，犹今之感昔耳。

玩味辛词趣

1. 词谱秘籍

满江红·江行和杨济翁韵

（○平声　●仄声　⊙可平可仄　△平韵　▲仄韵）

过眼溪山，怪都似、旧时相识。还记得、梦中行遍，江南江北。佳处径须携杖去，能消几緉平生屐。笑尘劳、三十九年非、长为客。

⊙●○○，○⊙●、⊙○⊙▲。○●●、●○○●，●○⊙▲。⊙●⊙○○●●，⊙○⊙●○○▲。⊙⊙⊙、⊙●●○○、○○▲。

吴楚地，东南坼。英雄事，曹刘敌。被西风吹尽，了无尘迹。楼观才成人已去，旌旗未卷头先白。叹人间、哀乐转相寻，今犹昔。

⊙⊙●，○●▲。○●●，○○▲。●○○⊙●，●○○▲。⊙●⊙○○●●，⊙○⊙●○○▲。⊙⊙⊙、⊙●●○○、○○▲。

在这首词中，韵脚为“识”“北”“屐”“客”“坼”“敌”“迹”“白”“昔”这九个字。

2. 字句对碰

(1) 词中哪句抒发了词人对于命运的感叹？

____

(2) 还有哪位文人的哪个作品中也提到了三国时期的英雄？

____

3. 我问你答

(1) “旌旗未卷头先白”一句中运用了什么修辞手法？ (　　)

A. 比喻　　B. 借代　　C. 作比较

(2) 全词表达了作者复杂的情感，以下哪一项不是词中所流露出的情感？ (　　)

A. 对自己大半生的生活皆不如愿的耿耿于怀。

B. 对于国家与民族命运的担忧。

C. 苦于世事但又要坚持自己复国理想的矛盾。

D. 由于长期客居而产生了浓厚的思乡之情。

4. 诗词运用

请根据提示，把下面的诗句填写完整。

____眼溪山，____都似、____时相识。

5. 诗词游戏

请用“梦”字集诗句。

____

6. 读词写文

在《满江红·江行和杨济翁韵》一词中，表达了词人在命运面前的无奈以及既想退隐山水之间，又想建立一番功业的矛盾。请你结合自己的生活，说说对此的理解。

7. 诗词对碰

苏轼的《念奴娇·赤壁怀古》中亦体现了词人对于人生与命运的无限感慨，请你将这两首词结合起来，说说它们之间的相似与不同。

第四讲　抚今追昔之章

水调歌头·舟次扬州和人韵

落日塞尘起，胡骑猎清秋。汉家组练十万，列舰耸高楼。谁道投鞭飞渡，忆昔鸣髇血污，风雨佛狸愁。季子正年少，匹马黑貂裘。

今老矣，搔白首，过扬州。倦游欲去江上，手种橘千头。二客东南名胜，万卷诗书事业，尝试与君谋：莫射南山虎，直觅富民侯。

解说

《水调歌头·舟次扬州和人韵》作于淳熙五年(1178)，是词人乘船赴湖北任所途中泊驻扬州时所作。扬州为当时长江北岸军事重镇。绍兴三十一年(1161)，金主完颜亮大举南侵，一度占领扬州，后被南宋虞允文率部在采石矶一战击溃，完颜亮也为部属所杀。稼轩路过此地，由如今的景色回想起了过去的情形。而船只停泊在扬州时，词人正与友人杨济翁(炎正)、周显先有词作往来唱和。作者在南归之前，在山东、河北等地区从事抗金活动，到过扬州，又读到友人为时局感伤的词章，心潮澎湃。因此，辛弃疾有感而发，写下此词。

全词共有上下两阕。上阕气势豪放，表现了少年时期抗敌报国、建立功业的英雄气概；下阕则抒发了理想不能实现的悲愤，貌似旷达实则感慨极深，失路英雄的忧愤与失望情绪跃然纸上。

注释

次：停泊。

人：指杨济翁(即杨炎正，诗人杨万里的族弟)、周显先，是东南一带名士。下文"二客"即此意。

塞尘起：边疆发生了战事。

胡骑猎清秋：古代北方的敌人经常于秋高马肥之时南犯。胡骑，此指金兵。猎，借指发动战争。

组练：组甲练袍，指装备精良的军队。

投鞭飞渡：用投鞭断流事。前秦苻坚举兵南侵东晋，号称九十万大军，他曾自夸说："以吾之众旅，投鞭于江，足断其流。"(《晋书·苻坚载记》)结果淝水一战，大败而归。此喻完颜亮南侵时的嚣张气焰，并暗示其最终败绩。

“忆昔”二句：指绍兴三十一年(1161)金主完颜亮南侵失败为其部下所杀事。鸣髇(xiāo)，即鸣镝，是一种响箭，射时发声，《史记·匈奴列传》单于太子冒顿以此杀头曼单于。血污，指死于非命。佛(bì)狸，北魏太武帝拓跋焘小字佛狸，曾率师南侵，此借指金主完颜亮。

“季子”二句：苏秦字季子，战国时的策士，以合纵之策游说诸侯，佩六国相印。这里指自己如季子年少时一样有一股锐气，寻求建立功业。

“今老”三句：谓今过扬州，人已中年，不堪回首当年。

“二客”三句：称颂友人学富志高，愿为之谋划。名胜，名流。

翻译

落日雄浑，边境上战争的烟尘涌起，秋高气爽，金兵大举进犯我领地。看我雄壮的十万大军奋勇迎敌，江面上排列的战舰如高楼耸立。谁说苻坚的士兵投鞭就能截断江流，想当年冒顿谋杀生父，响箭上染满血迹，佛狸南侵在风雨中节节败退，最终也死在他自己的亲信手里。年轻时我像苏秦一样英姿飒爽，跨着战马身披貂裘，为国奔走效力。

如今我一事无成，人已渐老，搔着白发又经过这扬州旧地。我已经厌倦了官宦生涯，真想到江湖间种橘游憩。你们二位都是东南的名流，胸藏万卷诗书，前程无比。让我尝试着为你们出谋划策：不要学李广在南山闲居射虎，去当个“富民侯”才最为相宜。

诵读点拨

这首词是首抚今追昔之词，上阕“追昔”，下阕“抚今”。

全词从词人对抗金主完颜亮入侵中原之时着笔。秋高气爽，粮食充足，马儿肥壮，在古时，正是发动战争的好时机，北方少数民族统治者常于此时侵略中原。词中所说的“胡骑猎清秋”也正是指1161年，完颜亮率军南侵一事。而开首的“落日塞尘起”则是为了营造战时的气氛。他们踏马而来，进犯中原，扬起的烟尘遮天蔽日，将敌军嚣张的气焰准确地表达了出来。紧接着，“汉家组练十万，列舰耸高楼”一句便是宋朝大军坚守江边的情形了。在此处，词人以“汉家”与“胡骑”对举，自然地显现出了两军对峙的局面，令读者感到战争一触即发。在对双方的动作进行描写时，词人也选用了不同的状态的字眼，以“起”“猎”等字修饰敌方的动作，而以“列”“耸”等字来形容宋方的军队。前者动，后者静，相较之下，更显出了对方嚣张,“我”方的镇定。且从“组练十万”“列舰”“层楼”也可看出宋朝军队的阵容之豪华盛大,文字间透着词人认为宋方必胜的自信与自豪。

通过开头这两句词,我们可以看到二者的对比之有力,将两军对垒的紧张气氛表现得淋漓尽致,也使人感到在这场战役,宋方前途一片大好。在后一句又进一步回忆了完颜亮南进溃败被杀一事。其中还暗含三个典故。“投鞭飞渡”说的是前秦苻坚的故事,他当时要向南进攻东晋,在渡江时,不可一世地说:“以我们的人数之多,将鞭子置于江中,足以使江水断流!”可最终,如此骄傲的苻坚输得一败涂地。“鸣髇血污”这一故事出自《史记·匈奴列传》。匈奴的首领头曼有个太子叫冒顿,他跟部下说:“凡是我的响箭所射的目标,你们都要跟着我去射击它,如果谁不这么做,就斩首!”后来,在一次射猎过程中,冒顿用响箭射了头曼,他的部下也跟着纷纷发箭,头曼被万箭射死。而“佛狸”指的是北魏太武帝拓跋焘,“佛狸”是他的小名。他在入侵中原的时候,受到了阻碍,终为宦官所杀。在这里,辛弃疾将此三事连用,喻完颜亮南侵期间,金统治集团内部分裂,军事上屡受挫折,士气动摇军心离散,最终在迫令金军三日内渡江南下时,被部下所杀之事,十分贴切,化用自然。

宋朝君民一心,军队严阵以待,而金国却外强中干,内部分裂,此正是恢复山河的大好时机。当年的词人二十出头便以义军掌书记的身份骑着马来到南方,建立起了义军和南宋政府之间的联系,希望两方能够协同作战,向金兵发起反击。“季子正年少,匹马黑貂裘”是词人引用季子的故事来进行自比,来表现自己当时飒爽英姿。苏秦字“季子”,是战国时期著名的策士,以合纵游说诸侯,佩六国相印。他年轻时曾穿黑貂裘“西入秦”。就是这样一位像苏秦一样的少年,在战场之上英姿勃发,充满生气,与下阕中搔白首长吟的“我”形成了鲜明的对比。

下阕以“今老矣”的长叹之声带着读者掠过了近二十年的时间,从对往昔的追忆,一下拉回了如今的现实。在这种老与少的强烈对比中,词人的愁闷之情更为突出。而词人的愁与一般文人的因年岁已大但还没显达的心理不同,是属于时光流逝,但壮志未酬的苦闷,正如张孝祥在《六州歌头·长淮望断》中所写的那般“时易失,心徒壮,岁将零”。南渡之后,作者长期不受重视,心中理想无法实现,此时翘首望西北,怎能不生今昔有别之感?

以上三句,情感上的悲怆溢于言表,他似乎就要开始说国家政事,但是却“欲说还休”，只讲对于未来的安排。先说自己因为厌倦了朝堂之事，想要归隐田园之中，种橘子，置产业。这一说法与三国时期的丹阳太守李衡有关，他在临死前对儿子说：“我在汜州有橘树奴佣一千名，不会向你要求衣服和食物，每年还上交一匹绢，也足够用了。”辛弃疾将此事用到这首词里，故意模仿了那些善于钻营的精明商人的说话口吻，颇为有趣。但是若与词人所写的《水龙吟·登建康赏心亭》一词中的“求田问舍，怕应羞见，刘郎才气”联系起来，不难发现，这句话的背后所交织着的无奈、自嘲以及悲愤。辛弃疾一心想要收复失地，为国效力，但是朝廷统治者却安于现状，他失望至极，想就此卸甲归田，远离朝堂纷争，但是又心系国家。想要离开却又不忍离开，其内心的矛盾纠结通过此句全然展现了出来。之后，词人又对友人进行了规劝。杨济翁原本写给辛弃疾的词中说道：“忽醒然，成感慨，望神州。可怜报国无路，空白一分头。都把平生意气，只做如今憔悴，岁晚若为谋?”这句话的意思是：“寒意让我顿时清醒，满腔豪情都化成感慨，望着神州大地徒然兴叹悲鸣。我一直胸怀报国壮志，却报国无门，空自白了鬓间须发。平生空有一腔意气，现在却只剩了憔悴，暮年已至，如何能再有作为，一展襟怀?”此中透露出来的彷徨与无奈与辛弃疾极为相似。因此，他劝慰道：“您二位是东南名流，才华横溢，胸怀大志，不应像我一样归隐。但有一言还想与你们商议一下：且莫效李广那样南山习射，只可取‘富民侯’谋个安逸轻闲。”在这几句词中，“南山虎”出自《史记·李将军列传》，其中记载：李广居住的地方有虎出没，他曾亲自去射猎。而“富民侯”语出《汉书·食货志》：汉武帝在晚年十分后悔自己南征北伐，劳民伤财，所以将丞相封为了“富民侯”。从以上两个故事可以看到生不逢时，没有赶上高祖时代的李广，一身武力只能用来射击山中的老虎，而没有机会封侯，“富民侯”却能不以战功来论成就。这两句实是暗指朝廷放弃北伐，主张议和，使得有志之士被搁置一旁，空有一身武艺，而无用武之地。但无论是说自己，还是劝友人，都是词人的激愤之语。不过前一层说得较为平淡隐忍，而后一层的表达更为激烈。辛弃疾在此处分两步走，使得心中的一腔愤懑不满之情得以发泄。

词的上阕与英雄史诗的开头极为相似，但是在下半阕，本来雄壮的气势急转直下，反而添上了落寞之感。这种极强的跳跃性，强烈地表达出了作者的失意和对于当局的无奈与气愤。但在下阕中，词人将壮志的消磨都归咎于自己“今老矣”这三个字上，表达含蓄，而愤语、反语的运用，也强化了全词的感情色彩，文字背后的酸楚与激愤，耐人寻味。

名家品词集

陈廷焯《云韶集》：笔力高绝，落地有声，字字警绝，笔致疏散，而气甚遒炼。结笔有力如虎。

玩味辛词趣

1. 词谱秘籍

水调歌头・舟次扬州和人韵

（○平声　●仄声　⊙可平可仄　△平韵　▲仄韵）

落日塞尘起，胡骑猎清秋。汉家组练十万，列舰耸层楼。谁道投鞭飞渡，忆昔鸣髇血污，风雨佛狸愁。季子正年少，匹马黑貂裘。

⊙●●○●，⊙●●○△。⊙○⊙●○⊙，⊙●●○△。⊙●○○⊙●，⊙●○○⊙●，⊙●●○△。⊙●●○●，⊙●●○△。

今老矣，搔白首，过扬州。倦游欲去江上，手种橘千头。二客东南名胜，万卷诗书事业，尝试与君谋：莫射南山虎，直觅富民侯。

⊙⊙⊙，⊙⊙●，●○△。⊙○⊙●○⊙，○●●○△。⊙●○○⊙●，⊙●○○⊙●，⊙●●○△。⊙●⊙○●，⊙●●○△。

在这首词中，韵脚为“秋”“楼”“愁”“裘”“州”“头”“谋”以及“侯”。

2. 字句对碰

（1）在这首词中，哪句表现了词人年轻时的飒爽英姿？

______

（2）在这首词中，词人通过今昔对比，来凸显自己的苦闷。请你说一说，还有哪些诗词，也是运用这样的手法来表达自己的情感的，请列举一二。

______

3. 我问你答

下列对这首词的理解和赏析，不正确的两项是　　　　　　　　　　　（　　）

A. “落日塞尘起”开篇营造气氛，准确渲染出敌寇甚嚣尘上的气焰。下文“胡骑”“汉家”对举，进一步写出两军对峙，战争一触即发的紧张场面。

B. “谁道投鞭飞渡”一句，以前秦苻坚南侵东晋投鞭断流却不免败亡的典故，暗指宋朝军队虽规模宏大，却终究不堪一击，令人痛惜。

C. “季子正年少，匹马黑貂裘”二句，正是词人自己当年飒爽英姿的写照。词人以“季子”自比，突出自己以天下为己任、意气风发的少年锐进之气。

D. “倦游欲去江上，手种橘千头”写自己因倦于宦游，意欲归隐田园，植橘置产。表达了词人辗转官场，经历沧桑后，归于恬淡、独善其身的出世之心。

E. 全词上阕颇类英雄史诗开端，下阕转而表达了壮志消磨之悲，多处用典故寄寓情志，颇见雄豪之气，体现了辛词一贯的风格。

4. 诗词运用

请根据提示，把下面的诗句填写完整。

谁道____鞭飞渡，____昔鸣髇血污，风雨佛狸____。

5. 诗词游戏

请用“雨”字集诗句。

____

6. 读词写文

这首词是和杨济翁的词所作，杨济翁所作的词如下：

水调歌头·登多景楼

宋·杨济翁

寒眼乱空阔，客意不胜秋。强呼斗酒发兴，特上最高楼。舒卷江山图画，应答龙鱼悲啸，不暇顾诗愁。风露巧欺客，分冷入衣裘。

忽醒然，成感慨，望神州。可怜报国无路，空白一分头。都把平生意气，只做如今憔悴，岁晚若为谋。此意仗江月，分付与沙鸥。

请你用现代文说说，若你是辛弃疾，会如何给他回复，并与《水调歌头·舟次扬州和人韵》相比较，看看你与辛弃疾的想法有何异同。

第五讲　仿陶“思亲友”

贺新郎·甚矣吾衰矣

邑中园亭，仆皆为赋此词。一日，独坐停云，水声山色，竞来相娱。意溪山欲援例者，遂作数语，庶几仿佛渊明思亲友之意云。

甚矣吾衰矣。怅平生、交游零落，只今余几！白发空垂三千丈，一笑人间万事。问何物、能令公喜？我见青山多妩媚，料青山见我应如是。情与貌，略相似。

一尊搔首东窗里。想渊明《停云》诗就，此时风味。江左沉酣求名者，岂识浊醪妙理。回首叫、云飞风起。不恨古人吾不见，恨古人不见吾狂耳。知我者，二三子。

解说

《贺新郎·甚矣吾衰矣》作于宋宁宗庆元四年(1198)左右。此时的辛弃疾被免官闲居已经四年，落职闲居信州铅山(今属江西)。此词是为瓢泉新居的“停云堂”题写的，仿陶渊明《停云》“思亲友”之意而作。

辛弃疾“独坐停云”，触景生情，遂成此篇。全词在一个个典故的层叠中抒发了词人昂扬激越的豪放情怀，表达了罢职闲居时寂寞与苦闷的心情。

注释

邑：指铅山县(今属江西)。辛弃疾在江西铅山期思渡建有瓢泉别墅，带湖居所失火后举家迁之。

仆：自称。

停云：停云堂，在瓢泉别墅。

甚矣吾衰矣：源于《论语·述而》，“甚矣吾衰也！久矣吾不复梦见周公”。这是孔丘慨叹自己“道不行”的话(梦见周公，欲行其道)。作者借此感叹自己的壮志难酬。

白发空垂三千丈，一笑人间万事：这两句出典于唐李白《秋浦歌》，“白发三千丈，缘愁似个长”。

问何物、能令公喜：还有什么东西能让我感到快乐。源于《世说新语·宠礼》记郗超、王恂“能令公(指晋大司马桓温)喜”的典故。

妩媚：潇洒多姿。

搔首东窗：指陶潜《停云》诗就，自得之貌。

江左：原指江苏南部一带，此指东晋。

浊醪(láo)：浊酒。

云飞风起：化用刘邦《大风歌》"大风起兮云飞扬"。

翻译

铅山县里的园亭，我都为它们写词。一天，我独自坐在停云亭，水声和山色，都竞相要与我同乐。料想溪山是想要引用先例，于是就写下了几句话，近似陶渊明思念亲友的意思。

我已经很衰老了。平生曾经一同出游的朋友零落四方，如今还剩下多少？真令人惆怅。这么多年只是白白老去而已，功名未竟，对世间万事也慢慢淡泊了。还有什么能真正让我感到快乐？我看那青山潇洒多姿，想必青山看我也是一样。不论情怀还是外貌，都非常相似。

把酒一樽，在窗前吟诗，怡然自得。想来当年陶渊明写成《停云》之时也是这样的感觉吧。江南那些醉中都渴求功名的人，又怎能体会到饮酒的真谛？在酒酣之际，回头朗吟长啸，云气会翻飞，狂风会骤起。不恨我不能见到疏狂的前人，只恨前人不能见到我的疏狂而已。了解我的，还是那几个朋友。

诵读点拨

据邓广铭《稼轩词编年笺注》考证，此词大约写于宋宁宗庆元四年(1198)左右。此时辛弃疾被免职闲居已经四年。此时，他在瓢泉旁筑了新居，其中的"停云堂"，就是取自陶渊明《停云》诗意。而辛弃疾的这首《贺新郎》正如他在词序中所述，也是仿效陶渊明作《停云》以表"思亲友"之意而写的，抒发了词人罢职闲居的寂寞与苦闷心情。

辛弃疾好用典故，因此他的词显得极为独特。这首词的上阕一开头就引用了《论语》中的句子。《论语·述而》中，孔子说："甚矣吾衰也！久矣吾不复梦见周公。"在《论语》中，孔子表达了自己已步入迟暮之年，但是自己复兴周公之道的理想仍难以实现，慨叹的是其道不行；而辛弃疾引用它，是为表达时光流逝，但自己心中的雄心壮志却无法实现的苦闷。辛弃疾写这首词时已经年过半百，又久不受重用，与自己交好的朋友也极少，在这样的衰老孤独的情况下，难免情难自已，发出此种感叹。而"只今余几"与末句"知我者，二三子"首尾呼应，凸显了"零落”二字所表现出来的孤寞。

“白发空垂三千丈，一笑人间万事。”又化用了李白《秋浦歌》“白发三千丈”一句。时间无情地流逝，词人只得无奈地任由白发空垂，其心中产生悲愤在所难免，可他仍能将“人间万事”付之于“一笑”，这份豪情令人感叹。紧接着，词人以设问的形式说出“问何物、能令公喜？”融《世说新语·宠礼》所记郗超、王恂“能令公（指晋大司马桓温）喜”这一典故于其中，将自己与典故中喜欢权力的桓温进行了比较，进一步引出了词人寄情山水的情志。“我见青山多妩媚，料青山见我应如是”两句，虽说语简言奇，但是含义深刻且富有哲理性。词人因无物（无人）可令自己欣喜，转而将情感放到自然界中去寻找一丝慰藉，从而觉得青山越看越“妩媚”，甚至觉得它活了过来，拥有了如人一般的情感，对自己青眼有加。就这样，他与青山在这广阔的天地间，相互欣赏着，又相互理解着。词人也想以此句告诫自己，勿要被情感牵制，应如青山一般，超然立于这天地之间。这与李白《独坐敬亭山》中所写的“相看两不厌”，是同一艺术手法。他们将审美主体的感情注入客体之中，继而借客体来抒发自己的情感。这样，读者在阅读时，感受到的作者情感更为强烈，从而不自觉地受到他的感染与影响。故而接下去的“情与貌，略相似”两句，所提之情，明显是指词人之情；而貌，是指青山之貌。作者在这里将自己与青山相比，是为说明二者在精神上有许多相似之处，委婉地表达了自己宁愿孤独，也绝不与朝中的奸佞小人同流合污的高洁之志。

在词的下阕中，辛弃疾又连用典故。“一尊搔首东窗里。想渊明《停云》诗就，此时风味。”这三句便是词人对陶渊明《停云》一诗的化用。在词中，辛弃疾对陶渊明当年诗成时的感觉展开了想象，下面又感叹如今已是无人如陶渊明一般知道饮酒的真谛了。词序中提到陶渊明，这里又提陶渊明，词人应是意在以陶自喻，来表达自己清新淡泊的高尚情操和超凡脱俗的狂放个性。而“江左沉酣求名者，岂识浊醪妙理”二句，与苏轼所作《和陶饮酒二十首》之三中的“江左风流人，醉中亦求名”相似。在这里，辛弃疾表面似在对东晋时期那些醉中仍不忘追名逐利的名士进行谴责，实际上，词人是在对南宋的现实进行嘲讽，如陶渊明那般不为名利，只为品鉴美酒滋味的高洁之士怕是没有了。人人都汲汲于名利，陶渊明难求知音，辛弃疾亦然。而念及日渐衰微的国势时，词人又想起了刘邦，一句“云飞风起”，使得词的意境更为开阔，让人感到词人的心境也发生了改变，从悲伤转为了沉静，又变为了不受凡俗羁绊的豁达。下文“不恨古人吾不见，恨古人不见吾狂耳”两句便是借张融常叹“不恨我不见古人，所恨古人又不见我”来表现词人特立独行的豪放，借张融之狂，显示了词人心中的慷慨激昂。如此豪语，并非是藐视古人，而是为了将胸中极致的情绪完全表达出来。

全词以“知我者，二三子”结尾，与词首相呼应，再次强调自己知己稀少。而词人在词序中提到的“思亲友”，思的也应当是这“二三子”。但是，这“二三子”究竟为谁，还没有定论。有人认为应该是和作者同时代的陈亮，但也有人认为不妨将陶渊明、张融乃至孔子都计算在内。毕竟，他们都是能在情感上与辛弃疾产生共鸣的人。

根据以上分析，我们可以看到，这首词几乎句句用典，且能熟练化用典故和前人词句，在典故的层叠中抒发了词人无人能及的豪放情怀。

名家品词集

1.《稼轩词序》：公一世之豪，以气节自负，以功业自许。

2. 岳珂《桯史》：辛弃疾每逢宴客，必命侍姬歌其所作。特好歌《贺新郎》一词，自诵其警句曰：“我见青山多妩媚，料青山见我应如是。”又曰：“不恨古人吾不见，恨古人不见吾狂耳。”每至此，辄拊髀自笑，顾问坐客何如。

3. 缪钺《诗词散论》：余读稼轩词，恒感觉双重之印象，除表面所发抒之情思以外，其里面尚蕴含一种境界，与其表面之情思相异或相反，而生调剂映衬之作用，得相反相成之妙，使其作品更跻于浑融深美之境。

玩味辛词趣

1. 词谱秘籍

贺新郎·甚矣吾衰矣

（○平声　●仄声　⊙可平可仄　△平韵　▲仄韵）

甚矣吾衰矣。怅平生、交游零落，只今余几！白发空垂三千丈，一笑人间万事。问何物、能令公喜？我见青山多妩媚，料青山见我应如是。情与貌，略相似。

⊙●○○▲。●○○、⊙○⊙●，●○○▲！⊙●⊙○○⊙●，⊙●○○⊙

▲。⊙●●、○○⊙▲？⊙●⊙○○○⊙●，●⊙○○⊙●○○▲。⊙●●，●○▲。

一尊搔首东窗里。想渊明《停云》诗就，此时风味。江左沉酣求名者，岂识浊醪妙理。回首叫、云飞风起。不恨古人吾不见，恨古人不见吾狂耳。知我者，二三子。

⊙○⊙●○○▲。●○○⊙○○⊙●，●○○▲。⊙●⊙○○○⊙●，⊙●○○⊙▲。⊙●●、○○⊙▲。⊙●⊙○○○⊙●，●⊙○○⊙●○○▲。⊙●●，●○▲。

在这首词中，韵脚为“矣”“几”“事”“喜”“是”“似”“里”“味”“理”“起”“耳”和“子”。

2. 字句对碰

（1）词的上阕中，哪句运用了拟人的手法？

____

（2）在李白的《独坐敬亭山》中，哪句的意境与“我见青山多妩媚，料青山见我应如是”相同？

____

3. 我问你答

辛弃疾爱用典故，请选出以下哪一位人物的典故没有出现在这首词中？（　　）

A. 张融　　B. 孔子　　C. 刘备　　D. 陶渊明

4. 诗词运用

请根据提示，把下面的诗句填写完整。

江左沉____求名者，岂识____醪____理。

5. 诗词游戏

请用“窗”字集诗句。

____

6. 诗词碰撞

请你结合整首作品来说说，李白所写的“相看两不厌，唯有敬亭山”与辛弃疾化用此句所作的“我见青山多妩媚，料青山见我应如是”背后所蕴含的情感有何相似与不同。

第六讲　借梦说“悲”

破阵子·为陈同甫赋壮词以寄之

醉里挑灯看剑，梦回吹角连营。八百里分麾下炙，五十弦翻塞外声。沙场秋点兵。

马作的卢飞快，弓如霹雳弦惊。了却君王天下事，赢得生前身后名。可怜白发生！

解说

辛弃疾 21 岁时，就在家乡历城（今山东济南）参加了抗金起义。起义失败后，他来到南宋，当过许多地方的长官。他安定民生，训练军队，极力主张收复中原，却遭到排斥打击。后来，他长期不得任用，闲居近 20 年。这首词便作于辛弃疾罢职闲居信州（今江西上饶）期间。

陈亮，也就是陈同甫，学者称其为龙川先生。他为人才气豪迈，议论纵横，自称具有“推倒一世之智勇，开拓万古之心胸”。他先后写了《中兴五论》和《上孝宗皇帝书》，积极主张抗战，因而遭到投降派的打击。宋孝宗淳熙十五年（1188）冬天，他到上饶访辛弃疾，留十日。别后辛弃疾写《贺新郎》词寄他，他和了一首；以后又用同一词牌反复唱和。这首《破阵子》大约也是这一时期写的。

从内容上来看，全词通过追忆早年抗金部队的豪壮阵容和气概，回想词人自己的沙场经历，来表达他收复中原、杀敌报国的雄心壮志，同时抒发了英雄迟暮、壮志难酬的悲愤与心痛。以雄奇的意境，刻画了一位披肝沥胆、忠一不二、勇往直前的将军形象。从结构上看，这首词又与其他不同。前九句为同一意思，末一句又另起一意，将前九句全盘否定。而前九句酣恣淋漓的描写，都是为凸显末五字的失望之情而服务的。这种艺术手法将辛词的豪放风格和独创精神全然表现了出来。

注释

陈同甫：陈亮（1143—1194），字同甫，南宋婺州永康（今浙江永康县）人。与辛弃疾志同道合，结为挚友。其词风格与辛词相似。

挑灯：把灯芯挑亮。

梦回：梦里遇见，说明下面描写的战场场景，不过是作者旧梦重温。

吹角连营：各个军营里接连不断地响起号角声。角，军中乐器，长五尺，形如竹筒，用竹、木、皮、铜制成，外加彩绘，名曰画角。始仅直吹，后用以横吹。其声哀厉高亢，闻之使人振奋。

八百里：牛名。《世说新语·汰侈》载，晋代王恺有一头珍贵的牛，叫八百里驳。后被王济炙烤食用。

分麾下炙：把烤牛肉分赏给部下。麾下，部下。麾，军中大旗。炙，烤肉。

五十弦：原指瑟，此处泛指各种乐器。

翻：演奏。

沙场：战场。

秋：古代点兵用武，多在秋天。

点兵：检阅军队。

马作的卢飞快：战马像的卢马那样跑得飞快。的卢，良马名。相传刘备在荆州遇险，前临檀溪，后有追兵，幸亏骑的卢马，一跃三丈，而脱离险境，见《三国志·蜀志·先主传》。

霹雳：本是疾雷声，此处比喻弓弦响声之大。

可怜：可惜。

翻译

醉中挑亮油灯细看宝剑，梦中听到军营的号角声响成一片。把牛肉分给部下享用，让乐器奏起雄壮的军乐鼓舞士气。这是秋天在战场上阅兵。

战马像的卢马那样跑得飞快，弓箭像惊雷一样震耳离弦。一心想替君完成收复国家失地的大业，取得世代相传的美名。可惜壮志难酬，白发已生！

诵读点拨

全词通过细致的描述，展现出了多层情意。

第一句通过三个连续的、富有特征性的动作，仅六字就展现出了一个壮士形象，其中，“挑灯”这一动作又点出了此时已是深夜。在这夜深人静、万籁俱寂的时候，有位壮士因心事重重而无法入眠，独自喝酒。但即使在喝醉后，他的心情仍未得到平静，便将灯挑亮，映着灯光，仔细看剑。这一景象具体又生动，并且留给了读者想象的空间，想象人物的生活环境以及内心活动。这个人为什么要喝酒，而且喝到“醉”？既然喝醉了，为什么不去睡觉休息，而要“挑灯”？已经挑亮了灯，为什么要抽出宝剑来看了又看，而不做别的？这一系列问题都耐人寻味。但作者无需对此多做说明，只要我们细细品读全词，就能找到相应的答案。

而后，这位辗转难眠的壮士，总算睡着了，但是刚刚入眠，方才脑中所想的一切，又都化为梦境回到了脑海之中。在睡梦之中，他又回到了那一个又一个的营地中，耳边响起了一阵又一阵的号角声。那声音拥有巨大的力量，催人向前。而那位壮士，则是统领整个军营的将军。

在之后的句子中，本不必讲究对仗，但是词人也使用了偶句。“八百里分麾下炙，五十弦翻塞外声”两个对仗工整，又极具力量的句子，突出了军容雄壮的特点，也将将士们高昂的战斗情绪表现得淋漓尽致，一扫偶句太多容易显得呆板的弊端。将军给士兵们发放酒食，全军上下，欢欣鼓舞，军中还奏起了振奋人心的军乐。吃饱喝足，所有人便排成了整齐的队伍，将军意气风发、精神昂扬，“沙场秋点兵”。秋高气爽之时，粮足马壮，此时出征，载满着希望。

若是按照《破阵子》的谱式来写，下阕开头的句子意思应与上阕不同，从而显示这是另一段落，但句法、平仄、韵脚都应完全相同，形成似断非断的境界。但辛弃疾却突破了这样的体系，以“马作的卢飞快，弓如霹雳弦惊”来承接上阕“沙场秋点兵”的磅礴之气。战场上，铁骑胯下的战马都似的卢马一样跑得飞快，弓箭像惊雷一样震耳离弦。虽说词人在此处未再过多地进行描写，但是在“的卢马”飞驰和弓箭的霹雳声中，我们可以想象到之后会出现的一系列画面：敌人落马，狼狈败退；将军乘胜追击，顺利结束战斗，全军上下，欢欣鼓舞，奏起凯歌，来庆祝这场反击战的胜利。我们从词中也可以看到，这位将军在“了却君王天下事”的同时，还要“赢得生前身后名”。其拳拳爱国之心，追求功名之心，都得以彰显。

若是全词到此结束，那可真称得上是一首充满豪气的壮词。但是当时南宋朝廷的朝政都被投降派把持着，连上阵杀敌的机会都没有，壮词又从何而来。以上所写的，都不是事实，而是词人不断追求、想要实现的理想罢了。从梦中醒来，回到冰冷的现实，猛然发现，头上华发已生，只得无奈地慨叹：“可怜白发生！”时间已然逝去，可收复中原的理想却仍未实现，心中满怀壮志，却报国无门，只能在难眠的夜晚借酒消愁，只能在醉后挑灯看剑，在梦中驰骋沙场，肆意杀敌。这样的处境，何等的悲哀，可又有谁可怜他呢？因此，他写下了这首词，寄给和自己一样身处如此孤单、悲凉境地的陈同甫，给对方一丝安慰。

从意义上看，全词可分为壮和悲两大部分。前九句是一段，描绘的是词人心中的理想状态，他运用大量的笔墨细致地刻画了一位在战场上奋勇杀敌、立下赫赫战功的将军形象，借此表现了词人的雄心壮志。末一句是另一段，站在现实的角度进行沉痛的慨叹，抒发了自己年老力衰但仍报国无门的悲愤。这样两种完全不同的情况，置于一处，形成鲜明的反差。而从这样的对比中，我们不难看出如词人一样有着报国之志的能人贤士心中有多苦闷，当时的人民又有多希望能有一位英雄出现，救自己于水深火热之中，而统治者又有多么软弱无能。由此，这首词虽说豪放，但是在情感的表达上又略显含蓄，不过是与婉约派不同的含蓄而已。

从布局上看，这首词与李白所作的《越中览古》相同，皆是在末句使得昂扬的情感急转直下。《越中览古》写道："越王勾践破吴归，战士还家尽锦衣。宫女好花满春殿，只今惟有鹧鸪飞！"这首七言诗中，前三句都在描写越王勾践取得了多么辉煌的战绩，却在最后一句点出越中如今的衰败景象。辛弃疾的这首词也是如此，以"醉里挑灯看剑"一句开头，紧接着描绘梦回军营、连营分炙、沙场点兵、克敌制胜，气势如雄鹰般凌空直上，而当其豪气到达顶峰时，又陡然下跌，发出了"可怜白发生"的感叹，使读者不自觉地受其感染，因作者的遭遇与情感流下痛惜的泪水。这样的急剧转折，产生强烈的对比效果，出乎意料之外又紧紧地抓住了读者的心。如此谋篇布局，非一般人可想到。而辛弃疾选用这样的艺术手法，也反映了其风格的豪放以及想法的独特。但是这并不是他刻意所为，而是他的生活经历、政治遭遇给予他的灵感。多年的理想难以实现，万千情感不自觉涌上心头，自然地打破了形式上的常规。这样的成就，绝非刻意追求文学形式的作家所能达到的。

综上，我们可知，无论从哪一角度来看，辛弃疾的这首《破阵子》都可称得上是一篇佳作。

名家品词集

1. 卓人月《古今词统》：搔着同甫痒处。

2. 陈廷焯《云韶集》：字字跳掷而出，"沙场"五字，起一片秋声，沉雄悲壮，凌轹千古。

3. 陈廷焯《词则·放歌集》：感激豪宕，苏辛并峙千古，然忠爱恻怛，苏胜于辛，而淋漓怨壮，顿挫盘郁，则稼轩独步千古矣。稼轩词魄力雄大，如惊雷怒涛，赅人耳目，天地钜观也，后惟迦陵有此笔力，而郁处不及。

4. 梁启超《艺蘅馆词选》：无限感慨，哀同甫亦自哀也。

玩味辛词趣

1. 词谱秘籍

破阵子·为陈同甫赋壮词以寄之

（○平声　●仄声　⊙可平可仄　△平韵　▲仄韵）

醉里挑灯看剑，梦回吹角连营。八百里分麾下炙，五十弦翻塞外声。沙场秋点兵。

●●○○⊙●，⊙○⊙●○△。⊙●⊙○○●●，⊙●○○⊙●△。⊙○⊙●△。

马作的卢飞快，弓如霹雳弦惊。了却君王天下事，赢得生前身后名。可怜白发生！

●●○○⊙●，⊙○⊙●○△。⊙●⊙○○●●，⊙●○○⊙●△。⊙○⊙●△！

在这首词中，韵脚为“营”“声”“兵”“惊”“名”和“生”。

2. 字句对碰

（1）词的上阕中，哪句表达了词人渴望早日奔赴沙场杀敌的急切心情？

____

（2）南宋还有哪位诗人与辛弃疾一样，在梦中还想上阵杀敌？请你写出相应的诗句。

____

3. 我问你答

“马作的卢飞快”一句引用了“的卢”的典故：相传刘备在荆州遇险，前临檀溪，后有追兵，幸亏骑的卢马，一跃三丈，而脱离险境。这一典故，在此词中的作用不包括以下哪一项？（　　）

A. 形容战况的激烈

B. 赞美的卢马的速度之快

C. 体现英雄人物的无畏

4. 诗词运用

请根据提示，把下面的诗句填写完整。

八百里分____下炙，五十弦____塞外声。沙场秋____兵。

5. 诗词游戏

请用“梦”字集诗句。

____

6. 读词写文

从词题，我们可以看到辛弃疾认为这是一首“壮词”，也就是书写关于军营生活环境的、表达雄心壮志的词。请你结合这首作品，说说你是否认同这一观点，并说明原因。

____

____

____

____

第七讲　登高伤怀

水龙吟·登建康赏心亭

楚天千里清秋，水随天去秋无际。遥岑远目，献愁供恨，玉簪螺髻。落日楼头，断鸿声里，江南游子。把吴钩看了，栏杆拍遍，无人会，登临意。

休说鲈鱼堪脍，尽西风、季鹰归未？求田问舍，怕应羞见，刘郎才气。可惜流年，忧愁风雨，树犹如此！倩何人唤取，盈盈翠袖，揾英雄泪！

解说

《水龙吟·登建康赏心亭》的创作时间有两种说法，一是说这首词作于宋孝宗淳熙元年(1174)，此时的辛弃疾已南归八九年了，但却一直不受重用，所得的职位也不高，才华无处施展，理想无法实现。一次，他登上建康的赏心亭，极目远望祖国的山川风景，心中百感交集，更加痛惜自己满怀壮志而老大无成，于是写下这首词。还有一种说法是这首词乃孝宗乾道四年至六年(1168—1170)间，辛弃疾在建康任通判时所作。

全词是词人在登高后，看到眼前的风景有感而发写成的。从写景到抒情，情与景完全融合在了一起，将内心的情感表达得既含蓄又淋漓尽致。虽说作者的文字显得沉痛悲愤，但是整首词所传达出来的基调却是激昂慷慨的，表现出了辛弃疾豪放的词风。

注释

建康：今江苏南京。

遥岑(cén)：远山。

玉簪螺髻：玉做的簪子、像海螺形状的发髻，这里比喻高矮和形状各不相同的山岭。

断鸿：失群的孤雁。

吴钩：古代吴地制造的一种宝刀。

“休说”三句：用西晋张翰典，见《晋书·张翰传》，另外《世说新语·识鉴》也有记载。张翰在洛阳做官，在秋季西风起时，想到家乡莼菜羹和鲈鱼脍的美味，便立即辞官回乡。后来的文人将思念家乡称为“莼鲈之思”。季鹰，张翰字季鹰。

“求田问舍”三句：典出《三国志·魏书·陈登传》。东汉末年，许汜去拜访陈登。陈登胸怀豪气，喜欢交结英雄，而许汜见面时，与他谈的却都是“求田问舍”（买地买房）的琐屑小事。陈登看不起他，晚上睡觉时，自己睡在大床上，叫许汜睡在下床。许汜很不满，后来他把这件事告诉了刘备。刘备听了后说：“当今天下大乱的时候，你应该忧国忧民，以天下大事为己任，而你却求田问舍。要是碰上我，我将睡在百尺高楼上，叫你睡在地下。”求田问舍，置地买房。刘郎，刘备。才气，胸怀、气魄。

流年：流逝的时光。

忧愁风雨：风雨，比喻飘摇的国势。

倩（qìng）：请托。

红巾翠袖：女子装饰，代指歌女。

揾（wèn）：擦拭。

翻译

辽阔的南国秋空冷落凄凉，水天一色，江水流去，秋天更无边无际。极目遥望远处的山岭，那群山像女人头上的玉簪和螺髻，只引起我对国土沦落的忧愁和愤恨。西下的太阳斜照着楼头，在长空远飞离群孤雁的悲鸣声里，还有我这流落江南的思乡游子。我看着宝刀，狠狠地把楼上的栏杆都拍遍了，也没有人领会我现在登楼的心意。

别说鲈鱼能做成佳肴美味，西风吹遍了，不知张季鹰回来了吗？像只为自己购置田地房产的许汜，应怕惭愧去见胸怀大志的刘备。可惜时光如流水一般过去，我真担心着风雨飘荡中的国家，然而时光虚度，真像桓温所说树也已经长得这么大了，人更该老得不成样了！叫谁去请那些披红着绿的歌女，来为我擦掉英雄失意的眼泪！

诵读点拨

全词上下两阕，分别采取了不同的手法来表达自己的情感。上阕是写景抒情，以词人看到的无际天空、滚滚长江以及群山开头，抒发了由这些景物所触发的家国之恨。“落日楼头”等句，则表达了词人由夕阳西下，孤雁悲啼，宝刀弃置而感受到的悲愤与痛苦。而下阕则是直接言志，运用三个典故对四位历史人物进行了评价，来表白自己心中的理想与抱负。但现实却是时间已逝，可壮志还是无法实现，最终，词人只得流下英雄的泪水。

究竟词人所写的景是怎样的景，所引之典故是何典故呢？让我们一起来进行深入的探究。

首先，从景入手，我们可以看到在上阕中，词人先写水再写山，先写无情之景，再写有情之景，具有一定的层次。

开篇“楚天千里清秋，水随天去秋无际”乃是作者在赏心亭上所看到的江景。其中“楚天”中的“楚”泛指战国时期属于楚国的长江中下游一带。而“水随天去”的“水”，指的是奔流不息的长江。“千里清秋”与“秋无际”在显出阔大气势的同时，又表现出了江南秋季的特点。南方地区，常年多雨，唯有秋季，秋高气爽，可登楼远眺，看到眼前这番景致：楚天辽远空阔，秋色无边无际。大江流向天边，也不知何处是它的尽头。遥远的天际，水天交融，境界雄浑。

接下来的“遥岑远目，献愁供恨，玉簪螺髻”三句则是对登楼远眺所见之山的描写。“遥岑”也就是远山之意。举目望去，那一层层、一叠叠的山，形状各异，有的像是美人头上插戴的玉簪，有的则像美人头上螺旋形的发髻。这两个比喻化用了皮日休的“似将青螺髻，撒在明月中”以及韩愈的“山如碧玉簪”两诗，将山景之美，淋漓尽致地呈现在了读者的眼前。可就是如此壮美的远山，愈发勾起了词人的忧愁与愤恨。站于高楼之上，北望是江淮前线，想要效力，却无机会；再远就是中原旧疆，不知何日才能收复。南望则山河虽好，但只是半壁江山；朝廷主和，志士不得其位，虽说自己想要进取，却不受重用。以上种种，都是作者所愁、所恨之事。再看眼前河山如此之好，却正被金兵摧残，两相比较，使得愁更浓，恨更深。但词人却将这种有增无减的愁绪归咎于远山，认为是它在“献愁供恨”。这种移情及物的手法，使得词文更加生动。同时，也与下文“登临意”相照应。

以上两句，由纯粹的写景开始向抒情转变，由客观的描写转为了主观的叙述，感情也渐渐变得强烈了起来。一切都在行文的推进中得到了深化与升华。

而“落日楼头，断鸿声里，江南游子”三句的意思是，夕阳快要西沉，孤雁的声声哀鸣不时传到赏心亭上，更加引起了作者对远在北方的故乡的思念。在这句中，虽然仍是写景，但没有一处不是在抒发自己的情感。落日，本是日日可见的自然景物，但在此处，辛弃疾乃是用“落日”二字，来比喻南宋国势渐衰。“断鸿”，是失群的孤雁，而辛弃疾用其自比。辛弃疾渡江淮归南宋，原本是将宋朝看作自己的国家，想要帮助南宋收复失地、重新崛起，可是南宋统治集团根本没有北上的意愿，也未将如辛弃疾一样的有志之士看作自己人，对他一直采取猜忌排挤的态度，使得词人觉得他在江南真的成了漂泊无依的游子。这飘零身世和孤寂心境不就如同这空中的孤雁一样吗？

“把吴钩看了，栏杆拍遍，无人会，登临意”则是直抒胸臆。这时的作者思潮澎湃，心情激动。但作者并不直接表达，而是将自己心中报国无门、壮志难酬的悲愤化为了具体的动作来表现。第一个动作便是“看吴钩”。杜甫《后出塞》一诗中有一句——“少年别有赠，含笑看吴钩”。所谓的“吴钩”便是指吴地所造的钩形刀，是古时作战的武器。杜甫以吴钩来表现少年对于拿到这把吴钩后所产生的美好愿景，而在这首词中，本用于战场杀敌的兵器，却只能放在身边，作玩具把玩，无处可发挥自己的作用，抒发了辛弃疾虽有在战场上挥洒热血、建立一番功业的雄心壮志，但是却无人赏识、不受重用。第二个动作“栏杆拍遍”与刘孟节的故事有关。据宋朝王辟之所写的《渑水燕谈录》记载，刘孟节在世人中显得格格不入，所以经常倚着栏杆静立，怀想世间之事，一个人叹息，并念念有词，有时想到苦闷之处，便用手拍打栏杆。他曾经作诗说：“读书误我四十年，几回醉把栏杆拍。”由此，我们可以看到，栏杆拍遍常用来指人心中抑郁之气无法排解，需要借助拍打栏杆来发泄。在这首词中，则将辛弃疾空有一身才能，却无处施展的急切和悲愤全然表现了出来。可见，“把吴钩看了，栏杆拍遍”一句，文字看似直白，实则蕴含深意，将强烈的思想感情寓于其中，耐人寻味。“无人会，登临意”，则是直接慨叹自己空有恢复中原的抱负，却无人理解。

这几句，情意深切，情感渐浓，到最后“无人会”句使得词人胸中的苦闷得到了尽情的抒发，具有极强的感染力。

再看下阕所运用的三个典故。

“休说鲈鱼堪脍，尽西风、季鹰归未？”一句引用了张翰的典故。张翰字季鹰，在洛阳做官，见秋风起，想到家乡吴县味美的鲈鱼和莼菜，便弃官回乡。如今又是深秋时节，大雁也寻着踪迹飞回了旧地，更不必说他这个漂泊江南的游子有多想回乡看看。但是他的家乡如今还在金人统治之下，南宋朝廷却偏安一隅。他想回去，却又没有办法回去。由此可见，在此处，借用张翰的故事，既写了对于家乡的思念，有家难归的苦闷，又抒发了对金人侵略中原及南宋朝廷主张投降的强烈不满。

"求田问舍，怕应羞见，刘郎才气"是第二个典故。其中"求田问舍"就是买地置屋的意思。而刘郎，就是指三国时期的刘备，在这里泛指有大志之人。东汉末，许汜去看望陈登，陈登对他很冷淡，独自睡在大床上，叫他睡下床。许汜去询问刘备，刘备说："天下大乱，你忘怀国事，求田问舍，陈登当然瞧不起你。"作者用以上两个故事，也是为表达自己既不愿学为吃鲈鱼脍而还乡的张季鹰，也不想学求田问舍的许汜的情绪。登高望远，产生思乡之情乃是常态。辛弃疾知道国势就是如此，漂泊他乡的游子又岂自己一人，因此，他虽怀念家乡但却绝不会像张翰、许汜一样回去，他回故乡之时，当是收复河山之时。虽有此志向，但是并未直接表达，而是自然地引出下一层情绪。

"可惜流年，忧愁风雨，树犹如此"便构成了作者的第三层情感。此中运用了桓温北征的典故。据《世说新语・言语》所载，桓温北征，经过金城，见自己过去种的柳树已长到几围粗，便感叹地说："木犹如此，人何以堪?"树已长得这么高大了，人怎么能不老呢！三个故事相连，我们可以看到，辛弃疾确实极想念自己的家乡，但是他不会如张翰、许汜一样只顾自己，贪图安逸。他忧惧的不是自身，而是国家之事。时光流逝，北伐无期，但自己却随着年岁的增长，渐渐失去了力量，担心再如此蹉跎下去，便无力再实现自己的抱负，再为国家效力了。情感一层又一层地推进，在此处到达了高潮。

最终，顺势以"倩何人唤取，红巾翠袖，揾英雄泪"收束。这句话意为"叫谁去请那些披红着绿的歌女，来为我擦掉英雄失意的眼泪?"宋朝时期，官员宴游娱乐的场合，一般都有歌姬在旁唱歌斟酒助兴，故如此说。在这里，词人以询问的语气，表达了自己深切的感伤。他心中清楚自己的悲伤无人能懂，他得不到其他人的同情与慰藉。与上阕"无人会，登临意"意思相近且相互呼应。

整首词通过写景与联想抒发了词人想要恢复中原、统一国家但是却难以实现的悲痛，深刻地揭示了其心中壮志难酬、报国无门的苦闷，表现了词人真挚的爱国之情。

名家品词集

1. 卓人月《古今词统》:“倩何人,唤取盈盈翠袖,英雄泪。”若士取赠黄衫客,极当。

2. 李佳《左庵词话》:辛稼轩词,慷慨豪放,一时无两,为词家别调。集中多寓意作,如……“把吴钩看了,栏杆拍遍,无人会,登临意。”……此类甚多,皆为北狩南渡而言。以是见词不徒作,岂仅批风咏月!

3. 刘体仁《七颂堂词绎》:词起结最难,而结尤难于起,盖不欲转入别调也。“呼翠袖,为君舞”“倩盈盈翠袖,揾英雄泪”,正是一法。然又须结得有“不愁明月尽,自有夜珠来”之妙乃得。美成《元宵》云“任舞休歌罢”,则何以称焉。

4. 谭献《谭评词辩》:裂竹之声,何尝不潜气内转。

5. 陈廷焯《白雨斋词话》:落落数语,不输王粲《登楼赋》。

6. 俞陛云《唐五代两宋词选释》:前四句写登临所见,起笔便有浩荡之气。“落日”句以下,由登楼说到旅怀,而仍不说尽,仅以吴钩独看,略露其不平之气。下阕写旅怀,即使归去期思卜筑,而生平未成一事,亦羞见刘郎。“流年”二句以单句旋折,弥见激昂。结句言英雄之泪,未要人怜,倘揾以红巾,或可破颜一笑,极言其潦倒,仍不减其壮怀也。

玩味辛词趣

1. 词谱秘籍

水龙吟·登建康赏心亭

(○平声　●仄声　⊙可平可仄　△平韵　▲仄韵)

楚天千里清秋,水随天去秋无际。遥岑远目,献愁供恨,玉簪螺髻。落日楼头,断鸿声里,江南游子。把吴钩看了,栏杆拍遍,无人会,登临意。

●○⊙●○○,⊙○○⊙●○○▲。⊙○●●,⊙○○⊙●,⊙○○⊙▲。⊙●○○,⊙○○⊙●,⊙○○○▲。●⊙○○⊙●,⊙○○⊙●,⊙○●,○○▲。

休说鲈鱼堪脍,尽西风、季鹰归未?求田问舍,怕应羞见,刘郎才气。可惜流年,忧愁风雨,树犹如此!倩何人唤取,红巾翠袖,揾英雄泪!

⊙●⊙○⊙●,●○○、⊙○○○▲?⊙○⊙●,⊙○○●,⊙○○▲。⊙●

○○，⊙○○⊙●，⊙○○▲！●○○●●，⊙○○⊙●，●○○▲！

在这首词中，韵脚为“际”“髻”“子”“意”“未”“气”“此”和“泪”。

2. 字句对碰

（1）在词的下阕中，哪句运用了三国时期的典故？

______

（2）在唐诗宋词中，提及三国时期人物的作品不少，请你列举一二。

______

3. 我问你答

用典是诗词中常用的修辞手法，是作者借古人之事来表达自己情感的手段。在这首词的下阕中，“可惜流年，忧愁风雨，树犹如此！”一句便化用了桓温北伐的典故，以下哪一项不是辛弃疾想要借这个故事传达出来的情感呢？（　　）

A. 表达自己对于北伐的渴望。

B. 感慨时间易逝但功业难成。

C. 表达自己对于饱受风雨摧残的树木的同情。

D. 表达自己对于朝廷不思进取的不满。

4. 诗词运用

请根据提示，把下面的诗句填写完整。

倩何人____取，____巾翠袖，____英雄泪！

5. 诗词游戏

请用“泪”字集诗句。

______

6. 读词写文

这首词是辛弃疾的名作之一，作者运用圆熟精到的艺术手法将现实内容完美地表达出来，直到今天仍然具有极其强烈的感染力，使人们百读不厌。请你说说，读完这首词，你最喜欢词中的哪一部分，并说明理由。

第八讲　登高怀古

南乡子·登京口北固亭有怀

何处望神州？满眼风光北固楼。千古兴亡多少事？悠悠。不尽长江滚滚流。

年少万兜鍪，坐断东南战未休。天下英雄谁敌手？曹刘。生子当如孙仲谋。

解说

辛弃疾在宋宁宗嘉泰三年(1203)六月末被起用，任绍兴知府兼浙东安抚使。第二年阳春三月，被改派到镇江去做知府。在历史上，镇江曾是英雄发挥自己的才能，建功立业之地；而此时，它又是宋兵与敌人对垒的第二道防线。每当他登临京口(即镇江)北固亭时，便会触景生情，不胜感慨。这首《南乡子·登京口北固亭有怀》就是在这一背景下写成的。

这首词通过歌颂古代的英雄人物，表达了词人渴望像他们一样上阵杀敌、为国效力的志向和愿望，其中饱含着词人深切的爱国思想。全词写景、抒情、议论三者紧密结合，活用典故成语，将古人之语融入词中，又采取三问三答的方式，使得全词层次分明，互相呼应。词人借景抒情又借古讽今。全词风格明快，气魄宏大，且情调乐观昂扬。

注释

京口：今江苏镇江。

北固亭：在今镇江市北固山上，下临长江，三面环水。

神州：这里指中原地区。

北固楼：即北固亭。

悠悠：形容漫长、久远。

年少：年轻。指孙权十九岁继父兄之业统治江东。

万兜鍪(móu)：指千军万马。兜鍪，原指古代作战时兵士所带的头盔，这里代指士兵。

坐断：坐镇，占据。

东南：指吴国在三国时地处东南方。

敌手：能力相当的对手。

曹刘：指曹操与刘备。

翻译

什么地方可以看见中原呢？在北固楼上，满眼都是美好的风光。从古到今，有多少国家兴亡大事呢？往事连绵不断，如同没有尽头的长江水滚滚地奔流不息。

当年孙权在青年时代，做了三军统帅。他占据东南，坚持抗战，没有向敌人低头和屈服过。天下英雄谁是孙权的敌手呢？只有曹操和刘备而已。这样也就难怪曹操说："要是能有个孙权那样的儿子就好了！"

诵读点拨

全词采用了三问三答的形式来进行写作，层次清晰，又相互呼应。

首句，词人便向读者抛出了第一个问题："何处望神州"。在这句中，所谓的"神州"也就是中原地区。哪里可以望见中原呢？那便是京口北固亭上。"千古江山，英雄无觅，孙仲谋处。舞榭歌台，风流总被，雨打风吹去。"(《永遇乐·京口北固亭怀古》)登上北固亭，便能望见这留存千古的大好河山。故而，词人也不禁提出了第二个疑问："千古兴亡多少事"。在这从古至今的漫长岁月里，究竟发生过多少国家兴亡大事呢？这一问语，站在如今的时间，回望过去的兴衰成败，意味深长，令人回味无穷。然而，往事悠悠，无论成与败，都已成为陈迹了，只有这无尽的江水依旧滚滚东流。在这一答句中，词人运用了"悠悠"这一叠词，来表现时间的漫长与久远，并且也显示了词人的无穷思绪。而"不尽长江滚滚流"，则化用了杜甫在《登高》中的诗句："无边落木萧萧下，不尽长江滚滚来。"借用前人所述的意境，写出了江水奔腾而去的雄壮气势，还把由此而产生的空间感、历史感都形象地表达出来。同时，也表明词人胸中倒来倒去的不尽愁思和感慨，就犹如这江水一般，奔涌澎湃。

下阕则以"年少万兜鍪，坐断东南战未休"开头，极力描绘了三国时代孙权不可一世的英姿。词人赞赏他年纪轻轻就做了三军统帅，占据东南，坚持抗战，从未向敌人低头和屈服过。而据历史记载，孙权确实在十九岁时就继承了父亲和哥哥打下的基业，统治江东，西征黄祖，北拒曹操，在群雄混战的时代，牢牢地占据着一方土地。而且著名的赤壁之战中，他大破曹兵，取得了绝对的胜利，当时的他才二十七岁。因此，辛弃疾在词中对他的赞扬之语可以说是对史事的真实写照，也因为它是确实存在的历史，用在此处才更具说服力和感染力。“坐断东南”的他，面临的形势与南宋政权是极为相似的。但是二者之间的表现却截然不同。孙权才智过人，年少有为，青年时期便敢于与兵多将广的曹操相较量，可见其非凡的胆识与气魄。而且他一直都在不断征战，壮大自己的实力。但是当朝统治者们却安于现状，庸碌无能，令人痛心。

故而，辛弃疾顺势进行了第三次发问，将上文的意思进一步发挥，并且运用了夸张的手法，极力渲染了孙权不可一世的英姿。天下英雄中谁能是孙权的对手呢？只有曹操和刘备啊！根据《三国志・蜀书・先主传》记载，曹操曾与刘备煮酒论英雄，并对他说：“当今天下的英雄，只有你和我二人罢了。”辛弃疾在词中借用这段故事，用曹操和刘备来衬托孙权，说天下英雄只有曹操、刘备这样的人物才能与孙权一决高下。其实曹、刘、孙三人，论智勇才略，孙权未必在曹刘之上。辛弃疾在《美芹十论》中，对孙权的评价也并不特别高，但是在这首词里，词人却把孙权放到了三国时代第一流叱咤风云的英雄的高度，可谓是醉翁之意不在酒。他之所以这样说，不过是想借凭吊千古英雄的名义，慨叹当今南宋统治者之中无大智大勇之人的现状。这种用心，在末句更是显而易见。

《三国志・吴书・吴主传》裴松之注引《吴历》中的记载，曹操有一次与孙权对垒，见吴军乘着战船，军容整肃，孙权仪表堂堂，威风凛凛，于是喟然叹曰：“生子当如孙仲谋，刘景升的儿子像猪狗一样！”站在曹操的立场来看，像刘景升的儿子刘琮那样软弱无能的对手，应是更有利的，不费一兵一卒便可拿下大好的河山。但是，他却极力赞扬了与自己相抗衡、把自己的征战之路变得坎坷困难的孙权。由此可见，敢于抗争的强者，无论在谁的眼中，都是值得钦佩和赞赏的。而任人宰割的懦夫，无论在谁眼中都是可鄙的。

曹操一褒一贬的两种人，形成了极其鲜明的对比。在当时的南宋朝堂之上，也有两种持有不同观点的人，一种主战，一种主和。词人在此处只用了曹操的前半句“生子当如孙仲谋”，对敢于应战的人表达了欣赏，但是对于刘景升儿子这类懦弱苟且之人，并未进行明面上的批判。然而，即使词人并没有戳破后一层的含义，听者都能理解他对于后者所持的态度。因为曹操这段话众所周知，前一句赞语一出，人们便马上会联想到后面那句骂人的话，意识到辛弃疾没有说出来的潜台词：当今朝堂上的王公大臣，都是刘景升儿子这样的猪狗，真是令人发笑。这种别开生面的表现手法，与歇后语的作用相似。而且从意思上看，上两句说，天下英雄中只有曹操、刘备配称孙权的对手，强调了曹操的地位，在这一句中便更进一步表明，连曹操这样的英雄都说，生儿子要像孙权这个样，可见并非只有辛弃疾一人赏识孙权的勇气与才干，他的优秀是为人们所公认的。词意连贯，衔接得极为自然。

再从"生子当如孙仲谋"这句话的蕴含深意和思想深度来说。因为南宋统治者过于庸碌无为、萎靡不振，历经几代，都未出现一个勇武的君主，故而那时的人们对于曾称霸江东的孙权很是仰慕，这是当时特有的一种社会心理。所以，"生子当如孙仲谋"这句话，虽是引用了曹操的语言，但在此处，代表的是南宋民众的一种呼喊，一种想要奋发图强、收复失地的渴望，是时代的号呼。

这首词意境高远，雄壮豪迈，与稼轩同时期所作另一首登北固亭词《永遇乐·京口北固亭怀古》相比，显得更为明快。此外，这二首皆是怀古伤今之作，在写法上，又大不相同，但都不失为千古绝唱，可见辛弃疾的文学功力之深厚。

名家品词集

1. 杨希闵《词轨》：此有慨于南渡之不振也。

2. 陈廷焯《云韶集》：气魄雄大，虎视千古。东坡词，极名士之雅，稼轩词，极英雄之气。千古并称，而稼轩更胜。

3. 陈廷焯《词则·放歌集》：信手拈来，自然合拍。

4. 夏承焘等《唐宋词选》：全首表示对孙权的怀念，结句可能是借古讽今，为对韩侂胄一批人不满而发。"天下英雄"三句原是曹操的话，善于把古人语言融化入自己词中，是辛词的特点之一。

5. 吴则虞《辛弃疾词选集》：全篇借古喻今，缘景即情，屡问屡答，而局势开辟。

玩味辛词趣

1. 词谱秘籍

南乡子·登京口北固亭有怀

（○平声　●仄声　⊙可平可仄　△平韵　▲仄韵）

何处望神州？满眼风光北固楼。千古兴亡多少事？悠悠。不尽长江滚滚流。

⊙●●○△？⊙●○○●●△。⊙●⊙○○●●？○△。⊙●○○⊙●△。

年少万兜鍪，坐断东南战未休。天下英雄谁敌手？曹刘。生子当如孙仲谋。

⊙●●○△，⊙●○○●●△。⊙●⊙○○●●？○△。⊙●○○⊙●△。

在这首词中，韵脚为“州”“楼”“悠”“流”“鍪”“休”“刘”和“谋”。

2. 字句对碰

（1）词的下阕中，哪句运用了借代的手法？

____

（2）词中表达全词主旨的句子是哪句？

____

3. 我问你答

对于“生子当如孙仲谋”一句理解最为确切的是　（　　）

A. 嘲笑敌人没有如同孙仲谋一样的统帅。

B. 希望自己的后代能出现像孙权一样的英雄。

C. 感慨当时的统治者昏庸无能。

D. 表达词人对于孙权这样的英雄的赞赏。

4. 诗词运用

请根据提示，把下面的诗句填写完整。

千古兴亡多少____？悠悠。不尽长江滚滚____。

5. 诗词游戏

请用“江”字集诗句。

6. 诗词碰撞

“不尽长江滚滚流”化用了杜甫在《登高》中所作的“不尽长江滚滚来”一句，请你结合这两首作品，说说经辛弃疾改动后，这两句诗在表达效果上的异同。

第九讲　登郁孤台

菩萨蛮·书江西造口壁

郁孤台下清江水，中间多少行人泪。西北望长安，可怜无数山。

青山遮不住，毕竟东流去。江晚正愁余，山深闻鹧鸪。

解说

淳熙二至三年(1175—1176)，辛弃疾任江西提点刑狱，经常往来湖南、江西等地。来到造口，登上郁孤台，俯瞰不舍昼夜流逝而去的江水，词人的思绪也似这江水般波澜起伏，绵延不绝，于是写下了这首词。

关于此词的发端，罗大经在《鹤林玉露·辛幼安词》中说道："盖南渡之初，虏人追隆祐太后御舟至造口，不及而还。幼安自此起兴。"由此可见，他认为这首词是辛弃疾想到刚刚南渡时所发生的故事有感而发所作。当时金兵追隆祐太后所乘坐的船，到造口才追不上，收兵回北方。而辛弃疾来到造口时，不禁回想起了此事，写下了这首词。

罗大经所说的隆祐太后之事，在史书上亦有所记载。《宋史·高宗纪》及《后妃传》载：建炎三年(1129)八月，正赶上边军加强警卫，调兵防守的形势紧迫，命令刘宁止任江浙一带的制置使，隆祐太后前往洪州，滕康、刘珏暂代三省枢密院事同行。闰八月，宋高宗也离开建康前往浙西。当时的金兵分为两路，大规模南侵。十月，西路金兵从黄州渡江，直接奔向洪州去追隆祐太后。滕康和刘珏侍奉太后暂时住在吉州，但金人追得很紧，太后只得在晚上坐着船离开。《三朝北盟会编》(建炎三年十一月二十三日)中描述接下来的事：天刚亮的时候，太后到了太和县(离吉州八十里远)，之后又到了万安县(离太和县一百里远)，此时太后身边守护的卫兵已经不满一百人，滕康和刘珏都逃窜到了山谷中。金人追到太和县，而太后已从万安县到造口，舍弃船只行陆路，之后侥幸到了虔州(离万安县约二百四十里远)。《宋史·后妃传》中亦提到：太后和潘妃是由农夫抬着走的。《宋史·胡铨传》记载：胡铨招募乡兵来帮助官军奋力抵御金兵，太后在虔州得以逃脱。

史书中所说的金兵追至太和，与罗大经所说的追至造口有一些不同。但是罗氏是南宋庐陵人，又曾任江西抚州军事推官，他所记述之事是否属实，我们不要急着否定，不妨姑且置之。况且金兵既然到了太和，他们的前锋追到离太和县一百六十里远的造口，也不是没有这种可能。无论金兵是否追至造口，隆祐太后被追至造口时情势危急，以致舍弃船只，换用农夫抬着走，是真实的事件，在历史上没有异议。

更为重要的是，我们应该知道隆祐太后这个人以及建炎年间的形势如何。北宋靖康二年(1127)，金兵侵入汴州，掳走了徽宗与钦宗。北宋即将灭亡之时，隆祐因为自己是废后得以幸免，垂帘听政，迎立康王，也就是后来的高宗。有人请求立皇太子为帝，隆祐拒绝了他。《宋史·后妃传》中记下了她当时所说的话："如今强敌在外，我一介妇人，抱着三岁的孩子处理政务，凭借什么来号令天下？"她所下的昭告天下的诏书说："虽全族有北行的忧虑，而普天下都有拥护我族的心。"又说："汉家经历了十世不好的事情，就应该在光武帝的时候出现中兴盛世；晋献公有九个儿子，最后只留下了重耳却实现了霸业。"《鹤林玉露·建炎登极》中对此的评价是："事词的切，读之感动，盖中兴之一助也。"陈寅恪《论再生缘》也认为这是"维系人心，抵御外侮"的好言论，被当时以及后世之人广泛传诵。所以历史上称赞隆祐，国家发生了重大的变故，这个人承担起了所有的重任。

建炎三年(1129)，西路金兵穷追隆祐，东路金兵则渡江陷建康、临安，高宗被迫浮舟海上。这实在是南宋政权危急存亡之际。所以辛弃疾身临造口，想到隆祐曾被追到此处，有感而发，题词于壁，是情理之中的事情。罗大经所说之事也大体可信，词题就可作为罗氏之言的证据。

全词"借水怨山"，抒发了词人对于国家兴亡的感慨。上阕由眼前景物引出历史回忆，抒发家国沦亡之创痛和收复无望的悲愤；下阕借景写情，抒愁苦与不满之情。整个作品表达了对朝廷苟安江南的不满和自己一筹莫展的愁闷，但是在叙述时却不温不火，淡淡道来，运用比兴的手法，表达了深沉的爱国之情，艺术水平高超，堪称词中瑰宝。

注释

造口：一名皂口，在今江西万安县西南六十里。

郁孤台：在今江西赣州城区西北部贺兰山顶，又称望阙台，因"隆阜郁然，孤起平地数丈"得名。

清江：赣江。

长安：今陕西西安，为汉唐故都。此处代指宋都汴京。

愁余:使我发愁。

翻译

郁孤台下赣江的水,水中有多少行人的眼泪。我举头眺望北方的故都,可惜只看到无数青山。

但青山怎能把江水挡住?江水毕竟还会向东流去。夕阳西下我正满怀愁绪,听到深山里传来鹧鸪的鸣叫声。

诵读点拨

这首词的词题为“书江西造口壁”,词人将自己写词的地点直截了当地告诉了读者。且第一句“郁孤台下清江水”,也透露了有关地点的信息。

词题中的“造口”也叫作“皂口”,在今江西万安县西南六十里。而词中的郁孤台则在今赣州城西北角,因“隆阜郁然,孤起平地数丈”而得名。唐朝时期,李勉做虔州(即赣州)刺史时,登临北望,慨然曰:“余虽不及子牟,而心在魏阙一也。”其意为“我虽然比不上魏公子牟,但是我的心是全放在朝廷上的。”故而将其名改为“望阙”。清江也就是赣江。章、贡二水环绕着赣州城流淌,到郁孤台下汇合为赣江向北流,经过造口、万安、太和、吉州(治庐陵,今吉安)、隆兴府(即洪州,今南昌市),入鄱阳湖注入长江。

此外,首句中“郁孤台”三字,带有沉郁之意,以及巍巍独立于天地的孤独之感。词人用这三字开首,显示了自己心中有着满腔磅礴的激愤,同时奠定了整首词的情感基调。而后词人又写了台下之清江。《万安县志》云:“赣水入万安境,初落平广,奔激响溜。”可见,此乃一江激流。同时,将镜头从百余里外之郁孤台,顺着水流转移到了眼前的造口。词人又触景伤情,想起过去的故事,纵笔写出:“中间多少行人泪。”“中间”二字,非指距离,而是指过往四十年的历史。而“行人泪”三字,更是直指当年发生在造口之事。词人身处隆祐太后被追之地,深切地感受到了当时的国势之衰微,金兵长驱直入,统治者却只能落荒而逃,且事到如今,这种局势也并未有所改变,北方的失地还在敌人手中,可悲可叹。因此,在词人的心中,此一江流水,不是自然之景物,而是行人流不尽的伤心泪。当然,“行人泪”并非是专言隆祐。隆祐被追至造口,只是那一兵荒马乱时期的代表。建炎年间,许多百姓由北向南奔去,自中原至江淮再到江南,不知有多少行人途经此处，又不知有多少行人于此处落下伤心的泪水。而在这一江行人泪中，词人之悲泪大概也包含其中。

四十年来，广大人民多么盼望着能恢复故土、统一祖国啊！然而，南宋当局根本不打算收复失地，只想在杭州过苟延残喘、偷安一时的生活。因此，作者抚今忆昔，感慨很深，在悲愤交集的感情驱使下，又写出了“西北望长安，可怜无数山”两句，以抒发对中原沦陷区的深切怀念。长安就是指汴京，西北望也就是指北望。词人因回想隆祐被追而想到国土沦丧，独立造口仰望汴京的他就像杜甫独立夔州仰望长安。然而，无数青山重重遮拦，遮住了词人的视线，使得他无论如何也望不见。其间，包含着收复中原的壮志受到种种阻碍、无法实现的感叹，境界由遥望的开阔高远变得封闭而压抑，将自己的满怀忠愤表现得淋漓尽致。

“青山遮不住，毕竟东流去。”赣江实际是往北流，词中却说东流，乃是受传统文化的影响。在中国文化传统中，江河的流向与日月在天空中的变化轨迹同为“天行健”的体现，故“君子以自强不息”（《易·系辞》）。杜甫《长江二首》中也提到：“浩浩终不息，乃知东极临。众流归海意，万国奉君心。”所以在此处，所谓的“东流去”是以江水东流比喻正义所向，是词人为抒怀而述。无数青山虽可遮住长安，但终究挡不住一江之水向东流。这一景物描写，如果说言语之中有所寄托，又难以指出具体的、实际的事物。若说言语之间没有寄托，“遮不住”和“毕竟”这两个词又带有感情色彩。“遮不住”将青山围堵之感全然消去，而“毕竟”又更见深沉有力。再回过头去看上阕，清江水既然是行人泪的象征，那么东流去的江水也可能是指主张抗金的势力。而挡住长安，却遮不住东流江水的“无数山”应当是指南侵的金兵。此外，根据词人的生活背景，这“青山”也可能是指朝中的投降派。周济认为这首词是在“借水怨山”，可以说是非常准确的评价了。

然而当时的局势并不乐观，词人心情也并不轻松。接下来的“江晚正愁余，山深闻鹧鸪”又使词情词境产生了一个巨大的转折。江晚山深，此一暮色苍茫又具封闭意味之境界，毫无疑问是词人沉郁苦闷的孤怀写照，与上阕中所说的郁孤台的意象暗自呼应。其中“正愁余”是从《楚辞·九歌·湘夫人》中的“目眇眇兮愁予”一句化用而来。《楚辞》所带有的哀怨色调，使得整个意境增添了沉郁凄迷的氛围。再加上乱山深处不时传来的阵阵鹧鸪之声，更加深了心中的愁绪。白居易所作的《山鹧鸪》一诗中，有句道：“啼到晓，唯能愁北人，南人惯闻如不闻。”

那唯能愁北人的声音，令人仿佛听到了山那畔中原父老同胞的哀告，勾起了词人壮志未酬的忠愤。由此，我们可以看到这里的愁苦，是朝廷一味妥协，光复中原的志向久难实现所致。

这首词抒发了词人对于建炎年间国事艰危的追怀，对靖康以来失去国土的痛心。词中运用比兴手法，用自己眼前看到的景物来诉说自己心中之事。清江水、无数山，再平常不过的事物，却被他寄予了家国之悲、今昔之感等种种意念。这些情感在词人的景物描写中，显然可找到相应的踪迹，但是读者却又难以一一指实。这种朦胧之感，实是中国美学的一大体现。此词确可称为南宋爱国精神深沉凝聚之绝唱。

名家品词集

1. 卓人月《词统》：忠愤之气，拂拂指端。

2. 沈际飞《草堂诗余正集》：无数山水，无数悲愤。伊文公云："若朝廷赏罚明，此等人皆可用。"

3. 陈廷焯《云韶集》：血泪淋漓，古今让其独步。结二语号呼痛哭，音节之悲，至今犹隐隐在耳。

4. 周济《宋四家词选》：借水怨山。

5. 唐圭璋《唐宋词简释》：此首《书江西造口壁》，不假雕绘，自抒悲愤。小词而苍莽悲壮如此，诚不多见。盖以真情郁勃，而又有气魄足以畅发其情。起从近处写水，次从远处写山。下片，将山水打成一片，慨叹不尽。末以愁闻鹧鸪作结，尤觉无限悲愤。

6. 梁启超《艺蘅馆词选》：《菩萨蛮》如此大声镗鞳，未曾有也。

玩味辛词趣

1. 词谱秘籍

菩萨蛮·书江西造口壁

（○平声　●仄声　⊙可平可仄　△平韵　▲仄韵）

郁孤台下清江水，中间多少行人泪。西北望长安，可怜无数山。

⊙○⊙●○○▲，⊙○⊙●○○▲。⊙●●○△，⊙○○●△。

青山遮不住，毕竟东流去。江晚正愁余，山深闻鹧鸪。

⊙○○●▲，⊙●○○▲。⊙●●○△，⊙○○●△。

在这首词中，韵脚为“水”“泪”“安”“山”“住”“去”“余”和“鸪”。

2. 字句对碰

（1）词的下阕中，哪句运用了比喻的修辞手法？

______

（2）登高常会使人产生悲怆之情，请你说说还有哪些诗词是作者登高之后有感而发所作，列举一二。

______

3. 我问你答

下列关于本词的理解和分析，不正确的一项是（　　）

A. “夜阑卧听风吹雨，铁马冰河入梦来”一句与“中间多少行人泪”反映的不是同一时期社会现实。

B. 三、四句写词人抬望眼，遥望故都，境界顿时无限高远。然而，可惜有无数青山重重遮拦，望不见也，境界遂变得具有封闭式的意味。

C. 五、六句中“遮不住”三字将青山周匝围堵之感一笔推倒，“毕竟”二字使表达的情感更为深沉复杂。

D. 这首词以眼前景道心上事，寓悲愤之情于宏阔之景，丰厚蕴藉，沉郁顿挫，颇有老杜之风。

4. 诗词运用

请根据提示，把下面的诗句填写完整。

江晚正____余，山深____鹧鸪。

5. 诗词游戏

请用“愁”字集诗句。

______

6. 诗词碰撞

末句“江晚正愁余，山深闻鹧鸪”乃是化用白居易所作的《山鹧鸪》一诗中“啼到晓，唯能愁北人，南人惯闻如不闻”一句而来，请你结合两首作品进行分析，说说这两句之间所存在的继承与发展的关系。

第十讲　怀古伤今

永遇乐·京口北固亭怀古

千古江山，英雄无觅，孙仲谋处。舞榭歌台，风流总被，雨打风吹去。斜阳草树，寻常巷陌，人道寄奴曾住。想当年、金戈铁马，气吞万里如虎。

元嘉草草，封狼居胥，赢得仓皇北顾。四十三年，望中犹记，烽火扬州路。可堪回首，佛狸祠下，一片神鸦社鼓。凭谁问、廉颇老矣，尚能饭否？

解说

《永遇乐·京口北固亭怀古》是辛弃疾于宋宁宗开禧元年(1205)所作，当时的他66岁。南宋朝廷由韩侂胄执政，正在积极筹划北伐，闲置已久的辛弃疾也在前一年被起用，任浙东安抚使一职。这年春初，又受命担任镇江知府，戍守江防要地京口。从表面看来，辛弃疾似乎很受朝廷重视，然而实际上韩侂胄只不过是在利用他主战派元老的招牌作为号召而已。辛弃疾到任后，一方面积极布置军事进攻的准备工作；但另一方面，他又清楚地意识到政治斗争的险恶、自身处境的孤危，深切地感到自己很难有所作为。辛弃疾支持北伐抗金的决策，但是对独揽朝政的韩侂胄轻敌冒进的做法，又感到忧心忡忡，他认为应当做好充分准备，绝不能草率从事，否则难免重蹈覆辙，使北伐再次遭到失败。辛弃疾的意见没有引起南宋当权者的重视。一次，他来到京口北固亭，登高眺望，怀古忆昔，心潮澎湃，感慨万千，于是写下了这首词中佳作。

词人是怀着深重忧虑和一腔悲愤写下这首词的。上片赞扬在京口建立霸业的孙权和率军北伐、气吞胡虏的刘裕，表示要像他们一样金戈铁马为国立功。而下片则借讽刺刘义隆，表明自己坚决主张抗金但反对冒进误国的立场和态度。

注释

京口：今江苏镇江。

北固亭：在今镇江市北固山上，下临长江，三面环水。

孙仲谋：三国时的吴主孙权，字仲谋，曾建都建业(今江苏南京)，距京口不远。

舞榭歌台：演出歌舞的台榭，这里代指孙权故宫。榭，建在高台上的房子。

寻常巷陌:极窄狭的街道。寻常,原指长度,八尺为寻,倍寻为常,形容窄狭。巷、陌,这里都指街道。

寄奴:南朝宋武帝刘裕小名。

“想当年”两句:刘裕曾两次领兵北伐,收复洛阳、长安等地。金戈,用金属制成的长枪。铁马,披着铁甲的战马。都是当时精良的军事装备。这里指代精锐的部队。

元嘉草草:元嘉是刘裕子文帝刘义隆年号。草草,轻率。刘义隆好大喜功,仓促北伐,反而让北魏主拓跋焘抓住机会,以骑兵集团南下,兵抵长江北岸而返。

封狼居胥:狼居胥山,在内蒙古自治区西北部。汉武帝元狩四年(前119)霍去病远征匈奴,歼敌七万余,于是“封狼居胥山,禅于姑衍”。积土为坛于山上,祭天曰封,祭地曰禅,古时用这个方法庆祝胜利。刘义隆欲恢复中原,王玄谟便为他陈说北伐的策略,文帝说:“闻玄谟陈说,使人有封狼居胥意。”词中用“元嘉北伐”失利事,以影射南宋“隆兴北伐”。

赢得仓皇北顾:刘义隆命王玄谟率师北伐,为北魏太武帝拓跋焘击败,魏趁机大举南侵,直抵扬州,吓得宋文帝亲自登上建康幕府山向北观望形势。赢得,剩得,落得。

四十三年:作者于宋高宗赵构绍兴三十二年(1162),从北方抗金南归,至宋宁宗赵扩开禧元年(1205),任镇江知府登北固亭写这首词时,前后共四十三年。

烽火扬州路:指当年扬州地区,到处都是抗击金兵南侵的战火烽烟。路,宋朝时的行政区划,扬州属淮南东路。

可堪:表面意为可以忍受得了,实则犹“岂堪”“那堪”,即怎能忍受得了。堪,忍受。

佛(bì)狸祠:北魏太武帝拓跋焘小名佛狸。公元450年,他曾反击刘宋,两个月的时间里,兵锋南下,五路远征军分道并进,从黄河北岸一路穿插到长江北岸。在长江北岸瓜步山建立行宫,即后来的佛狸祠。

一片神鸦社鼓:神鸦,指在庙里吃祭品的乌鸦。社鼓,社祭时的鼓声。整句话的意思是,到了南宋时期,当地老百姓只把佛狸祠当作供奉神祇的地方,而不知道它过去曾是一个北方异族皇帝的行宫。

“凭谁问”两句:廉颇,战国时赵国名将。《史记·廉颇蔺相如列传》记载,廉颇被免职后,跑到魏国,赵王想再用他,派人去看他的身体情况,廉颇之仇郭开贿赂使者,使者看到廉颇,廉颇为之“米饭一斗,肉十斤,被甲上马,以示尚可用”。使者回来报告赵王说:“廉颇将军虽老,尚善饭,然与臣坐,顷之三遗矢(通“屎”)矣。”赵王以为廉颇已老,遂不用。

翻译

历经千古的江山,再也难找到像孙权那样的英雄。当年的歌舞台榭破败,英雄人物随着岁月的流逝已不复存在。斜阳照着长满草树的狭窄小巷,人们说那是当年刘裕曾经住过的地方。回想当年，他骑铁甲战马，刀枪空中舞，气吞万里如猛虎。

南朝宋文帝草率用兵黩武，效法汉将伐匈奴，没能够像霍去病祭祀狼居胥山纪功，却要仓皇登上幕府山向北观望。我渡江以来，四十三年过去了，如今瞭望长江北岸，还记得扬州战火连天的情景。真是不堪回首，拓跋焘祠堂香火盛，乌鸦啄祭品，祭祀擂大鼓。还有谁会派人来探问，廉颇老了，饭量还好吗？

诵读点拨

辛弃疾的作品，素来以风格豪放、气势雄浑、境界开阔为学界共识，《永遇乐·京口北固亭怀古》一词也被认为是最能代表他风格的作品。可这首词，虽然有豪放的因素，但细品之下可以发现，此词风格不是“豪放”一词就能全面概括的。

词以“京口北固亭怀古”为题。其中“京口”是三国时期吴国统治者孙权所设的重镇，并且一度成为治所，也是南朝宋武帝刘裕生长的地方。辛弃疾这样的有志之士登高望远时，面对国家的大好河山，难免不自觉地缅怀历史上的英雄人物。这首作品也是从此处开始的。

在上片中，词人怀古抒情。开篇“千古江山，英雄无觅，孙仲谋处”三句，便抒发了其心中的无限感慨：江山依旧，但英雄却无处可寻。显示出了作者非凡的英雄气魄和无比宽广的胸襟，也说明了作者写诗为文的起因不是为了让别人看到自己的才华，谋求荣华富贵，而是为了国家，为了民族。其中“千古”体现了时间的久远，与词题“怀古”相照应，而“江山”又体现了一种现实之感，与题中的“京口北固亭”相应。作者站在北固亭上，看着眼前的锦绣江山，脑海中不断闪过千百年来曾在这片土地上建立了丰功伟绩的英雄人物。三国时期的孙权便是第一位。辛弃疾不止一次对孙权表达敬佩。在其另一首词作《南乡子·登京口北固亭有怀》中，他也以万分钦佩的口吻对孙权进行了赞扬：“年少万兜鍪，坐断东南战未休。天下英雄谁敌手？曹刘。生子当如孙仲谋。”东汉末年，继承了父兄事业的孙权联合刘备，在赤壁之战中大败曹操。后又破荆州，杀关羽，大败刘备。公元229年，在武昌称帝，建国号“吴”，后迁都建业。曹、刘二位英雄的盛名众人皆知，而能与这样的人物并列，三分天下，可见其谋略与才智之出众。而这位怀有雄才大略的英雄，在迁都前的建安十四年(209)，曾在京口，也就是词人所在的土地上，建“京城”，作为新都的屏障。故而辛弃疾在登临北固亭时，率先想到的就是他。但如今，江山风景依旧，但英雄不知身在何处，人物皆非。紧接着，“斜阳草树，寻常巷陌，人道寄奴曾住”三句则是词人在看到眼前景物后，联想到了与京口有关的第二个历史人物——刘裕。在这里，词人的写作顺序与前面不同。写孙权时，是先写历史对他的评价之高，再说他留下的遗迹之破败。而写刘裕时，则是先描绘其故居之景，再回想起他在战场上的飒爽英姿——“想当年，金戈铁马，气吞万里如虎。”刘裕曾以京口为基地，平定了内乱，取代东晋政权。此外，他还曾两度北伐，先后灭掉南燕、后秦，又收复了洛阳、长安，几乎就能统一整个中原，这样的成就，实是令人钦佩，词人的仰慕之情，溢于言表。可就是这样的英雄人物，他曾居住过的地方，如今也只剩“斜阳草树，寻常巷陌”，无迹可寻了。

词的上片借古事抒今情，而下片中，通过典故所揭示出来的历史意义和现实感慨，就更加具有深意了。

“元嘉草草，封狼居胥，赢得仓皇北顾”以南朝宋文帝刘义隆的故事来影射如今的现实。历史上，宋文帝自从登位以后，就有收复中原之地的志向。他曾经三次北伐，都没有成功，特别是元嘉二十七年(450)的最后一次，失败得尤为惨烈。此次用兵之前，他听取彭城太守王玄谟陈北伐的计策，非常激动，说：“闻玄谟陈说，使人有封狼居胥意。”所谓的“有封狼居胥意”就是说有北伐必胜的信心。当时位于中国北部的北魏，并非是坚不可摧的；从军事实力来看，宋魏可谓不相上下。如果宋文帝能安排妥帖，三思而后行，是可以打胜仗、收复部分失地的。但是宋文帝急功近利，轻易发兵。不但没有取得胜利，反而一败涂地，国运大伤，难有回转的余地。词人列举这一历史事实，是想让当时的统治者吸取前人的历史教训，给当时的政局提供了发人深省的历史借鉴。

而“四十三年，望中犹记，烽火扬州路”开始，便由怀古变为了伤今。词人回忆了四十三年前，自己在硝烟四起的战场参加抗金战争时的情形。当时的北方人民皆为着反抗异族入侵进行着斗争，就算抛头颅洒热血也在所不辞。而辛弃疾也是其中的一员，在扬州以北的地区，奋力战斗着。后来，他南渡归南宋，是想借着国力，再杀向北方，收复失地，统一中原，可不曾想他空有一腔热血，却无用武之地。如今，四十三年过去，当初的满头青丝已生华发，恢复中原之志仍未实现。念及此处,怎让人不心生感慨?

接下来的“可堪回首,佛狸祠下,一片神鸦社鼓”则是承接上句,由回忆往昔转入写眼前实景。句中的“佛狸”是北魏的皇帝拓跋焘,佛狸统治北魏的时期距离南宋已有七八百年之久,此时已成了北方百姓奉为神明的存在。在这里,辛弃疾是以古喻今,用“佛狸”来指代四十三年前,发动侵略战争的金主完颜亮。完颜亮曾将营帐驻扎在佛狸祠所在的瓜步山上,监督金兵抢渡长江。当时的佛狸祠下定有一场恶战,而如今“一片神鸦社鼓”,人民已安于异族统治的现状,无心反抗,并且对他们的君主顶礼膜拜,同“四十三年,烽火扬州路”形成了极其鲜明的对比,实是令人愤怒,令人痛心。词人在此处所说的“可堪回首”,并非是那轰轰烈烈地战斗过的往事不堪回首,而是如今眼前的景象令人不忍直视。他这是要为南宋的统治者们敲响警钟,若是你们再如此苟且偷安,那么失去的就不只是土地了,更是民心!若是民心尽失,那么统一中原,恢复失地就永不可能了!

最后作者以廉颇自比,借廉颇来表达自己的内心,内蕴丰富,可分为三点。第一便是向朝廷表明自己的忠心,他就像廉颇一样,只要朝廷有需要,定当仁不让,骑着战马,奔赴沙场,奋勇杀敌,为统一大业做出自己的贡献。第二则是为证明自己的能力。如今的自己虽说年事已高,可仍老当益壮,像当年的廉颇一样,有上阵杀敌之勇。第三是为表达自己的忧虑。统治者虽有心起用廉颇,但是最终还是被奸佞之人设计,暗示他已无力上场抗敌,未能成行。因此,廉颇空有一腔报国的热情,却无处施展。辛弃疾以他自比,也是在担忧自己会不会如他一样,不受重用,报国无门。这一想法,最终也得到了印证。韩侂胄等人将他所提的意见弃置一旁,且对他猜忌排挤。在即将北伐出征之前,借“用人不当”之名将他排出了北伐之列。辛弃疾北上杀敌、恢复中原的愿望又一次成为泡影。

在这首词中用典颇多,并且词人对这些典故的处理恰到好处,贴切自然,紧扣题旨,增强了作品的说服力和意境美。并且其通过典故在语言艺术上迸发出来的能量,并非是直接叙述和描写所能达到的。

名家品词集

1. 罗大经《鹤林玉露》:此词集中不载,尤隽壮可喜。朱文公云:“辛幼安、陈同甫,若朝廷赏罚分明,此等人皆可用。”

2. 杨慎《词品》：稼轩词中第一。发端便欲涕落，后段一气奔注，笔不得遏。廉颇自拟，慷慨壮怀，如闻其声。谓此词用人名多者，当是不解词味。辛词当以“京口北固亭怀古”《永遇乐》为第一。

3. 沈际飞《草堂诗余别集》：事迹一经其用，政不多见。

4. 卓人月《古今词统》：典故一经其手，正不患多。

5. 周济《宋四家词选》：有英主则可以隆中兴，此是正说。英主必起于草泽，此是反说。继世图功，前车如此。

6. 谭献《谭评词辨》：起句嫌有犷气，且使事太多，宜为岳氏所议。非稼轩之盛气，勿轻染指也。

7. 田同之《西圃词说》：今人论词，动称辛、柳，不知稼轩词以“佛狸祠下，一片神鸦社鼓”为最，过此则颓然放矣。耆卿词以“关河冷落，残照当楼”与“杨柳岸、晓风残月”为佳，非是则淫以亵矣。此不可不辨。

8. 李佳《左庵词话》：此阕悲壮苍凉，极咏古能事。有借音数字，宋人习用之。辛弃疾《永遇乐》：“凭谁问、廉颇老矣，尚能饭否。”“否”字叶方古切。

9. 沈祥龙《论词随笔》：稼轩《永遇乐》，岳倦翁尚谓其用事太实。然亦有法，材富则约以用之，语陈则新以用之，事熟则生以用之，意晦则显以用之，实处间以虚意，死处参以活语，如禅家转法华，弗为法华转，斯为善于运用。

10. 谢章铤《赌棋山庄词话》：否，方矩切，陈琳《大荒赋》“岂云行之藏否”，辛弃疾《永遇乐》“为问廉颇尚能饭否”，俱与上文虎字叶，盖古音也。

11. 宋翔凤《乐府余论》：辛稼轩《永遇乐・京口北固亭怀古》一词，意在恢复，故追数孙刘，皆南朝之英主。屡言佛狸，以拓跋比金人也。

12. 张德瀛《词徵》：康伯可制《宝鼎现》词，传诵海内。蒋胜欲词“笑绿鬟邻女，倚窗犹唱、夕阳西下”，张蜕岩词“楚芳玉润吴兰媚，一曲夕阳西下”，皆指康词而言。又辛稼轩《永遇乐》词“廉颇老矣，更能饭否”，故戴石屏词云：“吴姬劝酒，唱得廉颇能饭否。”以一阕之工，形诸齿颊，盖玉以和氏宝，饮以中泠贵矣。

13. 胡薇元《岁寒居词话》：稼轩《贺新凉》《永遇乐》二词，使座客指摘其失，岳珂谓其《贺新凉》首尾二腔语句相似，《永遇乐》用事太多。乃自改其语，日数十易，未尝不呕心艰苦。

14. 梁启勋《词学》：四十三年前，即稼轩奉表南归之年，于此渡江。追怀出入烽火之事迹，故能如此悲壮。

15. 陈洵《海绡说词》：金陵王气，始于东吴。权不能为汉讨贼，所谓英雄，亦仅保江东耳。事随运去，本不足怀，“无觅”亦何恨哉。至于寄奴王者，则千载如见其人。“寻常巷陌”胜于“舞榭歌台”远矣。以其能虎步中原，气吞万里也。后阕谓元嘉之政，尚足有为，乃草草三十年，徒忧北顾，则文帝不能继武矣。自元嘉二十九年，更谋北伐无功。明年癸巳，至齐明帝建武二年，此四十三年中，北师屡南，南师不复北。至于魏孝文济淮问罪，则元嘉且不可复见矣。故曰“望中犹记”，曰“可堪回首”。此稼轩守南徐日作，全为宋事寄慨。“廉颇老矣，尚能饭否”，谓己亦衰老，恐无能为也。使事虽多，脉络井井可寻，是在知人论世者。

16. 俞陛云《唐五代两宋词选释》：此词登京口北固山亭而作。人在江山雄伟处，形胜依然，而英雄长往，每发思古之幽情。况磊落英多者，当其凭高四顾，烟树人家，夕阳巷陌，皆孙、刘角逐之场，放眼古今，别有一种苍凉之思。况自胡马窥江去后，烽火扬州，犹有余恸。下阕慨叹佛狸，乃回应上文“寄奴”等句。当日鱼龙战伐，只赢得“神鸦社鼓”，一片荒寒。往者长已矣，而当世岂无健者？老去廉颇，犹思用边，但知我其谁耶？英词壮采，当以铁绰板歌之。

17. 刘永济《唐五代两宋词简析》：此词乃稼轩知镇江府时所作。词意乃即景生感，因以寄忠愤也。起三句，言江山犹昔，而当时之英雄如孙权者，则已不见，言外有无人可御外侮之意。“舞榭”三句，言不但英雄无觅处，即其遗迹亦不可见，言外有江山寂寞，时势消沉之意。“斜阳”三句，暗用刘禹锡吊古诗意，以见与此江山有关之英雄去后，其故居都呈一片荒凉之象。“想当年”二句，极写刘裕北伐时之声威，表示仰慕，以见己抗敌情切。“元嘉”三句，言欲恢复中原必须先有准备，否则必致败亡，因举宋文帝故事以见此意。宋文帝欲恢复中原，王玄谟迎合其意，大言可行，文帝因谓侍臣曰：“闻玄谟陈说，令人有封狼居胥意。”次年，即分命王玄谟等率师北伐，卒乃大败。北魏太武帝遂大举南侵，直抵扬州，江南震动。文帝自登建康幕府山观望形势，故曰“草草”，曰“仓皇北顾”。考此词作于宁宗开禧元年韩侂胄定议伐金之时，稼轩以此事准备不足，近于冒昧，与玄谟贪功相同，故举宋元嘉往事而言。稼轩为各州安抚使时，必储粮练兵以为用兵准备，今见韩氏无备而举事，不免忧虑，故于登览山川之际，感慨及之。或谓侂胄北伐之议，稼轩所赞成，观此词知其不然。“四十三年”三句，则由今忆昔，有“美人迟暮”之感。盖四十三年之前率众南归，其时具有大志，思凭国力恢复中原，乃今老矣，登亭远望，山川如故而国事日非，能无感叹！“可堪回首”三句，更由此而惊心，盖江北各地沦陷已久，民俗安于外族之统治，故于“佛狸祠下”迎神赛会，如此热闹。此稼轩远闻鼓声不觉惊起之故也。末二句，有廉颇思复用于赵之志，无奈朝廷无复用己之心，故以廉颇自比，而言外叹其不如也。

18. 唐圭璋《唐宋词简释》：此首京口北固亭怀古词，虽曰怀古，实寓伤今之意。发端沉雄，与东坡“大江东去”相同，惟东坡泛言，稼轩则实本地风光。“舞榭”三句，承上奔往，极叹人物俱非。“斜阳”三句，记刘裕曾住之事。“想当年”两句，回忆刘裕盛况。换头，叹刘裕自为，不能恢复失地，四十三年自有重过此地之感。盖稼轩于绍兴三十二年知忠义军书记，掌奉表归朝。至开禧元年，又知镇江府，前后相距恰四十三年。“可堪”三句，仍致吊古之意，深叹当年宋之武功不竞，以致佛狸饮马长江，暗寓金人猖狂，亦同佛狸也。结句，自喻廉颇，悲壮之至。

19. 夏承焘《宋词系》：上片怀刘裕，不忘中原也。下片用王玄谟事，恨宋文元嘉恢复之无成，以北魏当金人，并讽韩侂胄之草率用兵也。自比廉颇，稼轩时六十五矣。姜夔有和作，下片以桓温为比，亦言北伐。

玩味辛词趣

1. 词谱秘籍

永遇乐·京口北固亭怀古

（○平声　●仄声　⊙可平可仄　△平韵　▲仄韵）

千古江山，英雄无觅，孙仲谋处。舞榭歌台，风流总被，雨打风吹去。斜阳草树，寻常巷陌，人道寄奴曾住。想当年、金戈铁马，气吞万里如虎。

○●○○，⊙○○●，○●○▲。●●○○，○○●●，●●○○▲。⊙○⊙●，○○●●，⊙●●○○▲。●○○、○○⊙●，●○⊙⊙○▲。

元嘉草草，封狼居胥，赢得仓皇北顾。四十三年，望中犹记，烽火扬州路。可堪回首，佛狸祠下，一片神鸦社鼓。凭谁问、廉颇老矣，尚能饭否？

○○●●，○○○●，⊙●⊙○⊙▲。●●○○，⊙○○●，○●○○▲。●○○●，⊙○⊙●，⊙●⊙○⊙▲。⊙○●、○○●●，●⊙●▲？

在这首词中，韵脚为“处”“去”“住”“虎”“顾”“路”“鼓”和“否”。

2. 字句对碰

(1) 词的下阕中,哪句运用了反问和用典的表现手法?

(2) 古往今来,怀古的诗词有不少,请你列举一二。

3. 我问你答

末句“凭谁问、廉颇老矣,尚能饭否?”表达了词人多样的心情,以下哪一项不是他说此句时的心境? ( )

A. 表达了词人虽已年迈,但仍想为国效力。

B. 表达了词人对于自己不受重用的悲愤。

C. 表达了词人对于廉颇的钦佩与仰慕。

D. 表达了词人觉得自己可能会像廉颇一样被执政者弃置不用的猜想。

4. 诗词运用

请根据提示,把下面的诗句填写完整。

____当年、金____铁马,____吞万里如虎。

5. 诗词游戏

请用“舞”字集诗句。

6. 读词写文

词人由京口这一历史名城联想到与京口有关的历史英雄孙权与刘裕,以此顺势写来,自然流畅,含蓄蕴藉。请你联系辛弃疾的生平及其所处时代,说说上片中蕴含着的词人的深情。

7. 诗词对碰

苏轼所写的《念奴娇·赤壁怀古》与这首《永遇乐·京口北固亭怀古》皆是怀古之作，请你对这两首词进行比较，说说二者之间的异同。

第十一讲　江南春日山村图

鹧鸪天·陌上柔桑破嫩芽

陌上柔桑破嫩芽，东邻蚕种已生些。平冈细草鸣黄犊，斜日寒林点暮鸦。

山远近，路横斜，青旗沽酒有人家。城中桃李愁风雨，春在溪头荠菜花。

解说

南宋淳熙八年(1181)冬天，当时41岁的辛弃疾被弹劾，于上饶隐居，在其闲居带湖时，写下了一组《鹧鸪天·代人赋》，《鹧鸪天·陌上柔桑破嫩芽》便是其中的第一首。全词描绘了一派清新而又美丽的山村风景，表达了词人对江南农村美好景色的欣赏与赞美，流露出了作者对于城市繁华生活的厌弃以及对于乡野生活的热爱。

注释

已生些：指已孵出了小蚕。

青旗：卖酒的招牌。

沽酒：卖酒。

荠菜：草本植物，花白色，茎叶嫩时可以吃。

翻译

乡村小路旁，桑树枝条柔软，其上还有刚刚绽放的嫩芽。东面的邻居家里养的蚕种已有一些孵出了小蚕。平坦的小山坡上，长着柔嫩的细草，其间的小黄牛犊儿不时哞叫。落日斜照在略带寒意的林间，枝头上停着一只只乌鸦。

山有的远些有的近些，路有的横向有的斜向，青布酒旗那边有家买酒的小铺。城里的桃花李花为着风雨而苦恼，最明媚的春色，正在溪头一片荠菜花中。

诵读点拨

《鹧鸪天·陌上柔桑破嫩芽》描绘了一幅乡村春日图，全词看似下笔随意，细品之下，却意趣盎然。

上阕的开首二句，便向读者呈现了桑树抽芽、蚕卵孵化的景象，给人以万物复苏的生机勃勃之感，且将重点放在了动态与力量的描绘上。词人先以一个“破”字来形容嫩芽之生长，传神地写出了桑芽在春风的催动之下，冲破原本包裹在其四周的束缚，描绘出的蓬勃生长之势，令人感受到其从萌芽到膨胀再到冲破束缚的动态过程及其强大的生命力量。孵化而出的小蚕虽未明言，却也有突破之感，只有当蚕褪去周身的硬壳后，才可化为柔软的虫状，这一过程中所蕴含着的变化与强大力量可想而知。

而在第三句中，词人将重点放在了视觉与听觉的感受上。平坦的、铺满细草的小山冈，坡上吃草的牛犊是黄色的，与大片的嫩绿组合在一起，在视觉上给人以温暖而又柔和之感。“鸣”字则传递出了小牛犊在吃草时的欢愉。词人将“平冈细草”与刚出生不久的牛犊联系在一起，将视觉上的美好与听觉上的欢快融合在一处，使得读者的心情也跟着轻松了起来。

由上我们可以看到，这些句中所提到的植物皆是刚探出头来探索世界的植物，出现的动物亦是新降生于这个世间对未来一无所知的动物，它们身上都充满着生机与希望，但是在第四句中，辛弃疾却突然笔锋一转，以“斜日”“寒林”“暮鸦”这些使人感到悲伤失落的景物入词，按照常理来说，将这三者拼凑在一起，定会构成一片萧条之景，但是词人通过一个“点”字，使得整个画面展现出来的情调产生了扭转。早春的林间，还未绽出新绿，黑色的乌鸦也在林中历历可见，它们或是飞翔，或在枝头栖息，如同墨点一般，缀于其间，就像一幅美丽的水墨画。而西斜的阳光照入树林之中，则为其添上了一抹亮色，尽显温柔。

词的上阕，辛弃疾所采取的是一个镜头一个镜头的详细描述，而在词的下阕中所呈现出来的视线具有不断变化的波澜起伏之感。远眺可见群山，近看亦有平冈；横看有路，纵看有道，而在路的尽头，有挂着青旗的卖酒人家。还将镜头由溪头的荠菜花推远到城中为风雨而愁的桃李。这一切便犹如一个长镜头，连贯地表现了春日江南乡村的面貌。且从表面上看，这一切似乎全是在写乡村风景，但其中亦暗含着词人的“别有用心”。

首先，我们可以看到“青旗沽酒有人家”一句与别句不同，其他句子都是在说自然的风光，但是这一句打破了一味描写自然的单调，将读者的视线转移到了人类的活动之上，为全词注入了人间烟火气，显得更为热闹，让人对于乡村生活产生无限向往。

其次，末尾“城中桃李愁风雨，春在溪头荠菜花”两句乃是全词的画龙点睛之笔，它表面是在写城中与乡野的景色之不同，透露出了词人不喜城中光景，偏爱乡野之美的情感倾向，实则还奠定了全词的情感基调。

单从前文来看，整首词都流露出一种轻松愉悦之感，但词人本身并非是如陶渊明般的存在，他是一位为国家鞠躬尽瘁死而后已的忠义之士。当时的南宋朝廷黑暗，当权之人大多是昏聩无能、苟且度日之士，即使北方金兵将宋徽宗、宋钦宗二帝掳去，他们也无所作为。在这样的情况下，他虽力图收复国土，但不受重用，心中十分痛恨。正是这种心情的驱使下，他写下了许多脍炙人口的词作。这首词也不例外。上阕中的“斜日寒林点暮鸦”已透露出了些许愁情，而“城中桃李愁风雨”一句便将其对国家大好河山处于风雨飘摇之中的忧虑全然表现了出来。联系辛弃疾的其他作品来看，我们可以发现他的作品中，凡是涉及风雨打落春花的词句，大多都是在暗示南宋被金兵进逼的困境。故而，此处的“城中桃李愁风雨”应也是此意。

综上，我们可以看到辛弃疾在词中运用了反衬的手法，从愉悦之景写起，但最终落脚于悲伤之情。眼前的山村风光虽美，但却摇摇欲坠，可能顷刻间便被金兵摧毁，念及此，所表达出来的悲情便更甚。可他并未全然失去希望。最后的“春在溪头荠菜花”一句便笔锋一转，从悲戚的感伤变为了欢欣鼓舞的力量。可见，词人对于南宋击退金兵还抱有着很大的希望。而这希望，正是词人在看到这江南山村春景后所燃起。

辛弃疾将“诗可以怨”以及“诗可以兴”的作用皆融于词中，可谓独具匠心。且他笔下的景物乃是山村中最平常，也是最具代表性的自然风光及生活状态，其柔和的色彩搭配以及清新的笔调亦给人带来了美的享受。

名家品词集

1. 沈际飞《草堂诗余别集》：善读此词，便许看陶诗，许作王、孟。

2. 卓人月《古今词统》：春在梨花，春落荠花，仁见谓仁，智见谓智。

3. 陈廷焯《词则》：“城中”二语，有多少感慨。信笔写去，格调自苍劲，意味自深厚，有不可强而致者，放翁、改之、竹山学之，已成效颦，何论余子。

4. 陈廷焯《云韶集》：“斜日”一七字，一幅图画，以诗为词，词愈出色。

5. 俞陛云《唐五代两宋词简析》：稼轩集中多雄慨之词，纵横之笔，此调乃闲放自适，如听雄茄急鼓之余，忽闻渔唱在水烟深处，为之意远。

6. 刘永济《唐五代两宋词简析》：此调乃作者退居时所作。词中鲜明画出一幅农村生活图像，而末尾二句，可见作者之人生观。盖以“城中桃李”与“溪头荠菜”对比，觉“桃李”方“愁风雨”摧残之时，而“荠菜”则得春而荣茂，是桃李不如荠菜，亦即城市生活不如田野生活也。此词与东坡《望江南》后半阕……用意相同，皆以城市繁华难久，不如田野之常得安适。再摧言之，则热心功利之辈，常因失意而愁苦，不如无营、无欲者之常乐。此种思想与道家乐恬退、安淡泊之理相合。盖稼轩出仕之时，历尽尘世忧患，退居以来，始知田野之可乐，故见溪头荠菜而悟及此理也。

玩味辛词趣

1. 词谱秘籍

鹧鸪天·陌上柔桑破嫩芽

（○平声　●仄声　⊙可平可仄　△平韵　▲仄韵）

陌上柔桑破嫩芽，东邻蚕种已生些。平冈细草鸣黄犊，斜日寒林点暮鸦。

⊙●○○⊙●△，⊙○⊙●●○△。⊙○⊙●●○△，⊙●○○●△。

山远近，路横斜，青旗沽酒有人家。城中桃李愁风雨，春在溪头荠菜花。

○●●，●○△。⊙○⊙●●○△。⊙○⊙●○○●，⊙●○○⊙●△。

在这首词中，韵脚为“芽”“些”“犊”“鸦”“斜”“家”“花”。

2. 字句对碰

（1）《鹧鸪天·陌上柔桑破嫩芽》中，运用对比手法的诗句是哪句？

____

（2）描写春日江南之景的诗句还有许多，请列举一二。

____

3. 我问你答

以下哪些景物可判断出此时的季节？（　　）

A. 柔桑和桃李　　B. 暮鸦和荠菜　　C. 斜阳和细草

4. 诗词运用

请根据提示，把下面的诗句填写完整。

城中______愁风雨，春在溪头________。

5. 诗词游戏

请用“草”字集诗句。

____

6. 读词写文

这首词风格独特，是豪放派词人辛弃疾的优美婉转之作。试将此词与《破阵子·为陈同甫赋壮词以寄之》进行比较，说一说豪放派词作与婉约派词作在意象选择上的区别。

____

____

____

____

第十二讲　闲居记乐事

清平乐·检校山园书所见

连云松竹，万事从今足。拄杖东家分社肉，白酒床头初熟。

西风梨枣山园，儿童偷把长竿。莫遣旁人惊去，老夫静处闲看。

解说

辛弃疾48岁之时，也就是南宋孝宗淳熙八年(1181)，此年十一月，他由江西安抚使改任两浙西路提点刑狱公事，但后因台臣王蔺的弹劾，职务被免。词人无奈之下，回到自己在上饶灵山所建的带湖新居，过起了退隐的生活。在上饶闲居期间，辛弃疾并未因自己被迫远离官场而忧愁，反而开始享受村居生活的美好。故此时的他，写就了许多赞美带湖风光、歌颂村居生活的词作。《清平乐·检校山园书所见》便是其中一首。

该词通俗易懂，没有华丽的辞藻，亦未引用典故来帮助表达，如同平日说话一般不事雕琢，但又将词中人物的形象生动地展现在了读者的面前，耐人寻味。全词所描绘的场景由简略到具体，上片先对安居乐业的农村生活进行了一个整体的描绘，营造了静谧安详的氛围。而在下片对于"我"静看小儿偷枣的有趣场景进行了具体的描写，使得词作充满生趣，同时赋予了作品浓郁的生活气息。

注释

检校：巡查，管理。

分社肉：《史记·陈丞相世家》，"里中社，平为宰，分肉甚均"。可知自古逢"社"日，就要分肉，所以有"分社肉"之说。社，指祭祀土地神的活动。

白酒：浊酒。此指田园家酿。

床头：指酿酒的糟架。

初熟：谓白酒刚刚酿成。

西风：指秋风。

偷：行动瞒着别人。代指孩子敛声屏气、蹑手蹑脚、东张西望扑打枣梨的情态。

翻译

山园里的松林竹树一望无际，与空中的白云连在一处。闲居于这样的地方，与世无争，应该感到知足了。遇上秋社的日子，拄上手杖到主持社日祭神的人家分回一份祭肉，又恰逢槽架中的白酒刚刚酿成，便可痛快淋漓地喝一场。

西风起了，山园里的梨、枣等果实都成熟了。一群嘴馋贪吃的小孩子，手握着长长的竹竿，偷偷地扑打着树上的梨和枣。别叫旁人去惊动了小孩子们，让我在这儿静静地观察他们天真无邪的举动，也是一种乐趣呢。

诵读点拨

在这首词中，词人全然抛去了自己对于国家的忧虑，沉浸于山野生活的美好之中。

在词的上阕，辛弃疾营造了静谧和谐的氛围，将山中景物之美以及村中人民的交往之和谐皆展现在了读者的眼前，抒发了自己对于带湖闲居生活的满足与喜爱。“连云松竹”可以理解为松竹高大，耸入云间，也可理解为其面积广阔，一望无际，与远方天空中的云朵连在了一起。无论如何，在云雾笼罩下的茂盛葱郁的松、竹，都让人感受到了环境的优美以及身处其间的惬意。同时，这些意象的选择体现了词人的情趣，他并未致力于亭台楼阁的描写，而是以山林之景入词，足见其对于世俗之物毫不在意。

“万事从今足”一句则直接抒发了词人的情感，此时的他远离官场的纷纷扰扰，于这山水之间闲居感到知足与愉悦。这一思想，与《老子》一书中所说的“知足者富”“知足不辱”以及“祸莫大于不知足”的说法相同。以一“足”字，奠定了全词的情感基调，表现了词人不汲汲于功名利禄，对于自己目前生活状态感到满足。

当然，这种满足不仅体现在自然环境上，还表现在邻里生活的和睦。“拄杖东家分社肉，白酒床头初熟”，也是“万事足”的一种表现。“拄杖”表明此时的词人已不再年轻，大概已是年过半百了。可见，这种分肉仪式是无论老少，都会来参与的，表现了场面的热闹，在词中注入了浓郁的人情味。而“分社肉”则是一种风俗，每当春社日及秋社日时，邻居们都会齐聚一堂，杀猪宰羊，祭祀社神，祭祀完毕之后，一起分食美味。根据下文梨枣成熟的景象来看，此处的社日，应是秋社。在丰收的时节，大家共同分享这种喜悦，使得快乐的氛围更为浓厚。而在回家之后，还有刚刚酿成的白酒可饮，有酒又有肉，夫复何求？使人不禁想起唐王驾所作的《社日》：“鹅湖山下稻粱肥，豚栅鸡栖半掩扉。桑柘影斜春社散，家家扶得醉人归。”

词的下阕则是截取了一个有趣的生活片段加以描述，具有很强的情节性与画面性。先以“西风梨枣山园”一句表明了事情发生的时间地点，秋风起，山园之中梨枣满枝，字里行间，透着丰收的喜悦。“儿童偷把长竿”则是词人所看到的场面，一群孩童手握比自己还长的竹竿，扑打着枝头的梨儿与枣儿。其中，“偷”字用得极为传神，将这群馋嘴的孩子扑枣时东张西望，提防着四周有人出现的警惕神情表现得淋漓尽致，好像一旦被人发现，会拔腿就跑。“莫遣旁人惊去，老夫静处闲看。”这两句则将镜头转到暗处，描写词人自己的状态，他不让身边的人去惊扰这群偷枣的孩子，而是自己饶有趣味地坐在旁边悠闲地看着这一切，写出了词人对这群孩童的喜爱与保护，也令人不禁联想到杜甫所作的《又呈吴郎》一诗：“堂前扑枣任西邻，无食无儿一妇人。不为困穷宁有此，只缘恐惧转须亲。”二者皆对扑枣者采取宽容的态度，但是又有所不同。杜甫是出于对无食无儿的妇人的怜悯，表现了其对于底层百姓的关心，而辛弃疾则是在对一切都感到满足的情况下所产生的闲情逸致，笔调更为轻快。一个“闲”字，将词人对于当前生活所感到的快乐表达了出来。且“看”字不仅是指观看，还有照看之意，体现了词人对这些天真调皮的孩子的爱护之情。

在这一段的描述中我们可以看到，这一情节，既可作为优美的散文来欣赏，也可作为一幅充满生活气息的农村风俗画来看待。可见辛弃疾的文学功底之深厚。

全词描绘了一个理想的农村世界，其中没有忧愁，没有苦难，没有压迫，没有矛盾，有肉吃，有酒喝，丰衣足食，一派平和。当时江南的乡村社会虽说拥有局部的宁静与和平，但是并非绝大多数劳动人民的生活都像诗中所写的那般愉悦与幸福。当然，辛弃疾以此种美好之事物入词不是刻意而为的，他并不是故意掩盖社会的黑暗，而是他没有很多的机会去接触底层的人民，从而局限了他的视角，限制了他对于生活的认识。在词中，辛弃疾并未刻意使用华丽的辞藻，仅是如同家常之语一般进行叙说，正如陆游所说的“身闲诗简淡”，此种闲情，此种简淡，令人回味无穷。

名家品词集

1. 洪迈《稼轩记》:其纵千有二百三十尺,其衡八百有三十尺……(幼安)既筑室百楹,才占地什四。乃荒左偏以立圃,稻田泱泱,居然衍十弓……故凭高作屋下临之,是为稼轩。

2. 陈亮《与辛幼安殿撰书》:如闻作室甚宏丽,传到《上梁文》,可想而知也。见元晦说潜入去看,以为耳目所未曾睹。

玩味辛词趣

1. 词谱秘籍

清平乐·检校山园书所见

(○平声　●仄声　⊙可平可仄　△平韵　▲仄韵)

连云松竹,万事从今足。拄杖东家分社肉,白酒床头初熟。

⊙○⊙▲,⊙●○○▲。⊙●⊙○○●▲,⊙●⊙○⊙▲。

西风梨枣山园,儿童偷把长竿。莫遣旁人惊去,老夫静处闲看。

⊙○⊙●○△,⊙○⊙●○△。⊙●⊙○⊙●,⊙○⊙●○△。

这首词中,上阕的韵脚是“竹”“足”“肉”“熟”,为仄韵。而下阕的“园”“竿”“看”为平韵。

2. 字句对碰

(1) 词的下阕中,哪句表现出了儿童的调皮与可爱?

____

(2) 古往今来,表现儿童天真可爱的诗句词句还有许多,请列举一二。

____

3. 我问你答

以下选项中,哪一项不是词人“万事从今足”心态的表现?　(　　)

A. 连云松竹　　B. 分肉喝酒　　C. 儿童偷枣　　D. 梨枣丰收

4. 诗词运用

请根据提示，把下面的诗句填写完整。

莫____旁人____去，老夫静处____看。

5. 诗词游戏

请用“云”字集诗句。

____

6. 读词写文

词的下阕具有很强的叙事性及画面感，请你展开想象，进行故事创作。

____

____

____

____

第十三讲　新居将成

沁园春·带湖新居将成

三径初成，鹤怨猿惊，稼轩未来。甚云山自许，平生意气；衣冠人笑，抵死尘埃。意倦须还，身闲贵早，岂为莼羹鲈脍哉。秋江上，看惊弦雁避，骇浪船回。

东冈更葺茅斋，好都把轩窗临水开。要小舟行钓，先应种柳；疏篱护竹，莫碍观梅。秋菊堪餐，春兰可佩，留待先生手自栽。沉吟久，怕君恩未许，此意徘徊。

解说

《沁园春·带湖新居将成》一词是辛弃疾于宋孝宗淳熙八年(1181)所作。他从渡江之后，便一直极力主张抗金，收复中原，但朝廷没有这种意向，所以他一生都没得到重用，多次遭到贬斥，壮志难酬。作这首词时，辛弃疾42岁，任江西路安抚使，此时的他已经南下将近20年了。在这20年间，不论任地的好坏，职务的升降，他心中一直满怀爱国热忱，为驱逐金人、恢复失地，日夜操劳，鞠躬尽瘁；但他深深地察觉到统治集团的苟且偷安、腐败无能、险恶黑暗，这一切使得他产生了退隐的消极思想。同时，他也可能听到了有陷害他的风声，更促使他作后退的准备。这次已是他第二次任江西路的官员，对江西的地理山川有了一定的了解，因而就选中了上饶的带湖一带，修建了新居，作为将来的退隐之处，取名为“稼轩”，并自号为“稼轩居士”以示去官务农之志。这年新居已基本建成，他就写了这首词。

这首词的上片主要写词人萌发弃政归田的念头，并说明了自己想要归隐的理由；下片则用白描的写法来叙写自己对于未来打算，对于带湖建设的构想。全词色彩协调，层次分明，文字简明凝练，寓意境于自然景色之中，笔到处景物皆活，充分体现了辛弃疾“以文为词”的特征。

注释

带湖：位于信州府城北灵山脚下，今江西上饶市。

三径：指归隐者的居所。

鹤怨猿惊：表达出自己急切归隐的心情。化用孔稚珪《北山移文》：“蕙帐空兮夜鹤怨，山人去兮晓猿惊。”

衣冠人：指上层人物。

抵死：终究，毕竟。

莼羹鲈脍：指家乡的美味。

“秋江上”三句：比喻在官场碰壁，遭人排挤，因此避世。作者感觉到官场的奸诈险恶，要作雁避船回的准备。

葺（qì）：用茅草修复房子。

“好都把”句：苏轼《再和杨公济梅花十绝》诗，“白发思家万里回，小轩临水为花开”。

“秋菊”句：语出屈原《离骚》，“夕餐秋菊之落英”。

“春兰”句：语出屈原《离骚》，“纫秋兰以为佩”。兰有春秋二种，都可以佩戴。这里写春兰，是与上边的秋菊相对。一说这两句语出屈原《九歌·礼魂》，“春兰兮秋菊，长无绝兮终古！”表明作者自己如屈原一般志行高洁，不愿同流合污。

翻译

归隐的园圃刚刚开成，白鹤猿猴都在惊怪，主人没有归来。归隐山林本是我平生的志趣，为什么甘为士人所笑，总是混迹尘埃？厌倦了官场就该急流勇退，求清闲愈早愈好，岂止是为享受莼羹鲈脍？你看那秋江上，听到弓弦响，惊雁急忙躲闪，行船回头，是因为骇浪扑来。

东冈上重新修葺一座茅屋书斋，最好是把门窗全都临湖开。要划船垂钓，先种下柳树一排排；插上稀疏的篱笆保护翠竹，但不要妨碍赏梅。秋菊可餐服，春兰能佩戴，两种花留给我归来亲手栽。我反复思考，只怕圣上不让我离开，归隐与否仍在犹豫难决裁。

诵读点拨

这首词抒发的是辛弃疾在带湖所建之新居即将落成时的感慨，可说是辛弃疾心理活动的实录。但上下两阕表达出来的心理，又各不相同。

上阕主要写了自己心中萌生出的弃政归田之念。第一句便开门见山地告诉我们“三径初成”。由于西汉蒋诩隐居时门前开有三条小路的缘故，“三径”成了隐士居处的代称，陶渊明所作的《归去来辞》中就有“三径就荒，松菊犹存”的句子。在这首词中，辛弃疾以此表示自己归隐的住所已经落成了，顺着词题而写，直接明了。但是与“鹤怨猿惊，稼轩未来”联系起来看，我们可以发现这并不是简单的事实陈述，也不是单纯地为新居落成而感到欣喜，在文字背后，还透露着词人的失意。“鹤怨猿惊”这一典故出自南齐孔稚珪所写的《北山移文》。在文中，孔稚珪借昔日朝夕相处的鹤猿之口来责怪周颙退隐之后又重新入仕这一举动，而辛弃疾则是假设即将日夜相对的带湖仙鹤、猿猴在埋怨和惊怪主人的迟迟不至，反用典故，以鹤猿表达了自己内心盼望能够早日归隐的心情。

紧接着“甚云山自许”四句则是词人主观想法的体现，也是他经历了一系列打击后，对自己进行的一种自嘲。既然归隐山林是自己的生平志趣，那又为什么甘愿混迹尘世，被士人嘲笑呢？但谁人不知，他的平生志向岂在山林之中，在战场上奋力厮杀，收复失地，报效国家才是其心中之志！可如今在投降派的统治下，他还有什么办法能实现这雄心壮志呢？无可奈何，报国无门，但他又不愿与世俗同流合污。他认为自己既然已经厌倦了这黑暗险恶的官场，那不如就趁早急流勇退，不要等到被别人赶下了台才离开。故而写下了“意倦须还，身闲贵早，岂为莼羹鲈脍哉”三句。其中，“意倦须还”表明了词人虽不受重用，但不愿“摧眉折腰事权贵”，为朝廷的投降派效力。“岂为莼羹鲈脍哉”则运用了西晋张翰的典故，觉得自己不是因为想起家乡美味的鲈鱼脍、莼菜羹而弃官还乡，心中无愧。而“身闲贵早”中的“贵早”二字最值得玩味。一方面，与前文表露的词人对于新居的向往与对归隐的渴望相呼应；另一方面，也反映了词人不堪忍受统治集团反对派对于自己的毁谤与打击，并且可能已有预感，前方有一场迫害正在等待着他。与其等着任人宰割，不如及早抽身。由此可见，辛弃疾与南宋统治集团之间的矛盾已达到了不可调和的程度，故而其后自然地引出了“秋江上，看惊弦雁避，骇浪船回”，将自己自比于听到弦响就逃的鸿雁，看到凶猛的浪花就回避的航船，来表明自己归隐田园的真正原因是为了避免遭受迫害，是别无选择、不得已而为之的举动。

下阕则主要写了词人对于未来隐居生活的构想。词意还是从“新居将成”写起。所谓的“将成”，也就是初具雏形，但是还没有全部落实，有待进一步的完善。从建筑方面来看，在东冈上，还应再修一幢茅屋作为书斋，并且门窗都要面水而开，与题中的“带湖”二字相照应，又与“云山自许”的“平生意气”相呼应。而“要小舟行钓，先应种柳”则表明了词人对于“小舟撑出柳阴来”这一画境的向往，表现了他雅致的生活情趣。而竹、梅、菊、兰除了生活情趣，又暗示了词人的理想志趣。竹与梅是“岁寒三友”之二，竹在冬日仍保持青葱，梅在其他花皆畏寒凋谢时，凌寒独自开。“疏篱护竹”的同时还要“莫碍观梅”，可见其玩花弄草的闲情逸致，也可看出他对于竹、梅坚贞品质的赞颂与向往。菊与兰，则是伟大的爱国诗人屈原所喜爱的高洁花草。他在《离骚》中写了“夕餐秋菊之落英”“纫秋兰以为佩”等句，来表示自己所食之素洁以及穿戴之芬芳。而辛弃疾在词中则表明自己要亲手栽种这菊花与兰花。词人表面是在写种花，以示自己对它们的喜爱，实际上是在诉说自己的志向，他想像屈原一样，做个品行高洁的有志之士。虽说志趣相投，但辛弃疾和屈原所处的背景是不同的。辛弃疾在写词时还是朝中之臣，而屈原作赋乃是被楚王放逐之后。理想可由自己决定，但是去留却不由自己做主。辛弃疾故而感叹道：“沉吟久，怕君恩未许，此意徘徊。”这一句看似突兀，与前文完全不同，但这其实是辛弃疾当时矛盾心理的流露。词人一生都在盼望收复失地，实现国家统一，壮志未酬的他，心中根本不愿意离开朝廷，但是在表达时却说“怕君恩未许”。这句话，一方面暴露了他对于南宋统治者还抱有一丝不切实际的幻想，另一方面，也是他积极入仕的表现。整首词就在这种不得不隐，但是又不愿归隐的矛盾心情中结束，耐人寻味。

辛弃疾在前片主要写想要归隐的原因，感情层层递进，由微喜，到怅惘，又变为气恼，进而愤慨，情感在文字中，越来越浓烈。但后片写未来的打算时，其整体风格又变得平静而美好。可辛弃疾在想象完毕后，又突然转出了“沉吟久”三句，扭转了整个氛围，如倾泻的水流一下被截断，陷入停滞一般。

综上所述，上下两阕的情趣迥然不同，风貌也各异，但是全篇都以“新居将成”这一线索相连，使其并未有割裂突兀之感，反有浑然天成之致。

名家品词集

1. 卓人月《古今词统》：功名一鸡肋，人世九羊肠。张翰莼鲈，有托而逃，稼轩识得。郑域养鱼求蚁亦经纶，稼轩种柳观梅皆事业。

2. 陈廷焯《词则・放歌集》：抑扬顿挫。急流勇退之情，以温婉之笔出之，姿态愈饶。

玩味辛词趣

1. 词谱秘籍

沁园春·带湖新居将成

（○平声　●仄声　⊙可平可仄　△平韵　▲仄韵）

三径初成，鹤怨猿惊，稼轩未来。甚云山自许，平生意气；衣冠人笑，抵死尘埃。意倦须还，身闲贵早，岂为莼羹鲈脍哉。秋江上，看惊弦雁避，骇浪船回。

⊙●○○，●●○○，●●●△。●⊙○⊙●，⊙○⊙●；⊙○⊙●，⊙●○△。⊙●○○，⊙○⊙●，⊙●○○⊙●△。○○●，●⊙○⊙●，⊙●○△。

东冈更葺茅斋，好都把轩窗临水开。要小舟行钓，先应种柳；疏篱护竹，莫碍观梅。秋菊堪餐，春兰可佩，留待先生手自栽。沉吟久，怕君恩未许，此意徘徊。

○○⊙●○△，●⊙●○○⊙●△。●⊙○⊙●，⊙○⊙●；⊙○⊙●，⊙●○△。⊙●○○，⊙○⊙●，⊙●○○⊙●△。○○●，●⊙○⊙●，⊙●○△。

这首词的韵脚为“来”“尘”“哉”“回”“斋”“开”“梅”“栽”和“徊”。

2. 字句对碰

（1）在词的上阕中，哪句体现了词人渴望归隐的迫切心情？

____

（2）你知道哪些诗词描写的是归隐后的田园生活的？请列举一二。

____

3. 我问你答

下列对这首宋词的赏析，不正确的一项是（　　）

A. 词的上片前三句照应了题目，并假设即将友好相伴的猿鹤埋怨词人仕而不归。

B. 词的下片主要表现词人对未来的设想，畅想了迁入新居后展开的经营和规划。

C. 词中，对于竹、梅、菊、兰的描写，仅体现了辛弃疾美好的生活情趣。

D. 从“怕君恩未许”可以看出词人对于南宋统治者还抱有幻想。

4. 诗词运用

请根据提示，把下面的诗句填写完整。

意____须还，身____贵早，岂____莼羹鲈脍哉。

5. 诗词游戏

请用“菊”字集诗句。

____

6. 读词写文

“意倦须还，身闲贵早，岂为莼羹鲈脍哉。”表现了词人不愿作违心之事，并且认为既然厌恶这丑恶的官场又不能以己之力匡正，就应该急流勇退，愈早愈好，不要等被人家赶下了台才离开。你对辛弃疾这一想法是否赞同，请你结合自己的生活经验谈谈你的看法。

____

____

____

____

第十四讲　闲居赏山水

沁园春·灵山齐庵赋时筑偃湖未成

叠嶂西驰，万马回旋，众山欲东。正惊湍直下，跳珠倒溅；小桥横截，缺月初弓。老合投闲，天教多事，检校长身十万松。吾庐小，在龙蛇影外，风雨声中。

争先见面重重，看爽气朝来三数峰。似谢家子弟，衣冠磊落；相如庭户，车骑雍容。我觉其间，雄深雅健，如对文章太史公。新堤路，问偃湖何日，烟水蒙蒙？

解说

《沁园春·灵山齐庵赋时筑偃湖未成》大约是辛弃疾在宋宁宗庆元二年(1196)落职闲居之时所写的作品。词中所述的是江西上饶西部的灵山风景。据《江西通志》所载，灵山“高千有余丈，绵亘数百里，有七十二峰”。可见此地之雄伟壮丽。

注释

灵山：位于江西上饶境内。古人有“九华五老虚揽胜，不及灵山秀色多”之说，足见其雄伟秀美之姿。

齐庵：当在灵山，疑即词中之“吾庐”，为稼轩游山小憩之处。

偃湖：为新筑之湖，时未竣工。

惊湍(tuān)：急流，此指山上的飞泉瀑布。

跳珠：飞泉直泻时溅起的水珠。

缺月初弓：形容横截水面的小桥像一弯弓形的新月。

合：应该。

投闲：指离开官场，过闲散的生活。

检校：巡查、管理。

长身：高大。

龙蛇影：指松树影。

爽气朝来：朝来群峰送爽，沁人心脾。

磊落：仪态俊伟而落落大方。

雄深雅健：指雄放、深邃、高雅、刚健的文章风格。

太史公：司马迁，字子长，西汉著名的史学家和文学家，曾继父职，任太史令，自称太史公。

翻译

重峦叠嶂向西奔驰，像千万匹马回旋一般，众山要掉头向东而去。恰好湍急的水流直直地落下，迸跳的水珠四处溅落；小桥横架在急流之上，像弯弓形的新月。人老了应当过闲散的日子，可老天给我多事，来掌管十万棵高大的松树。我的房舍小，但在松树盘曲的枝干影子的外边，在风风雨雨的声音之中。

雨雾消散，重峦叠嶂露出面容，争着和人见面。看早晨清新凉爽的空气从一座座山峰扑面而来。座座山峰好像谢家子弟，衣着潇洒，长相英俊；又好像车骑中的司马相如一般雍容闲雅。我感觉这其中，有的如司马迁的文章一样，雄浑深沉，典雅劲健。在刚刚修好的偃湖堤的路上，问偃湖哪一天能够展现烟水蒙蒙的美好景色？

诵读点拨

辛弃疾所写的山水词透着他对于祖国山水的热爱，有时似乎已经达到了天人合一的境界。他笔下的山水好像与人一样，有自己的思想，有独特的个性，充满着灵气，给人以身临其境之感，别有一番美妙的体验。这首《沁园春·灵山齐庵赋时筑偃湖未成》便有这种迷人的特色。

全词开首三句，从远处对灵山群峰进行了描写，将它们的姿态展现在了读者的眼前。紧接着，又切换近景："正惊湍直下，跳珠倒溅；小桥横截，缺月初弓。"瀑布飞流直下，溅起了晶莹的水珠，就像千万明珠弹跳。还有一座如弯月般的小桥，横跨在清澈湍急的溪流之上。词人就像一位高明的画师，在重峦叠嶂的壮阔之景中，又增添了几笔细腻温柔的景致。

看了山，赏了水，接着，是一片连绵不断的茂密森林。辛弃疾在《归朝欢》的词序中曾提到，在灵山上的齐庵、菖蒲港一带，都是高大的松树和茂密的森林。而在此处，他又进一步对这"长松茂林"进行了描绘："老合投闲，天教多事，检校长身十万松。"这一棵棵高大挺拔的松树，就像英勇善战、所向无敌的战士一般，自己身处这望不见边际的树林中，就如在检阅十万大军，这几句将这一片松树林昂扬向上的精神气，全然表现了出来。同时，词人还想到，自己壮年时也曾率领军队奔赴战场，如今老了，本该过过闲散的生活，可老天爷还要他来管理这十万长松大军！此时的语气是苦？是乐？还是自我解嘲？无论是哪一种，都给人一种说不出的滋味，但其内心隐含着的报国无门的悲愤确是存在于此句中的。

此种情感，词人仅是轻轻点到为止，并未深入展开，然后顺势开始说自己在山中修建房子的事情。齐庵，是辛弃疾在灵山修建的一所小庐。他觉得自己建房子的地点选得不错。皓月当空之时，可看到状如龙蛇的松影，又可以听到声如风雨的万壑松涛。此景此声，可谓别有一番情趣！

词人在上阕中，主要描绘了灵山环境的优美，而下阕，则将讲述重点放在了词人置身于大自然中时产生的感受。

辛弃疾在齐庵中，抬起头，见到了无边无垠、姿态万千的青山。天空刚刚放亮，清新的空气中，这一日的第一缕阳光冲破层云来到地面。东方的几座山峰，就像天真活泼的孩子一样，一个接着一个从晓雾中探出头来，争相要同人们见面，向人们问好。红日升起，山色清明，美不胜收。而且那拔地而起的一座座山峰，挺拔而潇洒，充满灵秀之气。它们好像谢家子弟，衣着潇洒，长相英俊；又好像车骑中的司马相如一般，雍容闲雅，气派非凡。想到此处，词人不禁感叹："我觉其间，雄深雅健，如对文章太史公。"大自然的美丽太震撼人心了，面对这千峰竞秀的灵山，竟如阅读司马迁的文章一般，给人以雄浑、深厚、高雅而又刚健等美的感受。于这灵山间居住，美妙无穷，令人不愿离去！故而他热切地希望偃湖能早早落成，给这美景再增添一点不一样的色彩。

在这首词中，作者应是想要通过山峰的外形来表现其内在精神，力图将自己所感受到的大自然的美丽描绘出来。但是，要传山水之神韵，光用一般写实的方法并不能做到。因此，辛弃疾在这里借用典故，出人意料地以谢家公子的翩翩风度与司马相如的雍容情态来比拟山峰健拔秀润的意态，又用太史公文章雄深雅健的风格，来刻画灵山深邃宏伟的气度。表面上看来，山与上述人、物之间，似乎毫无关联，但细品便可发现，它们在精神上确有相似，令人自然将它们关联起来进行比较。当然，这是辛弃疾自己的阅历与精神世界的一种写照，正像辛弃疾自己说的"我见青山多妩媚，料青山见我应如是"一样，这是其独特的个人感受。这种你中有我，我中有你的精神境界，创造出了传山水之神的写意笔法，为山水文学的写作提供了一种新的思路，值得后人仿效。

此外，这首词的结构安排也颇有特点。这首词中，在上阕便已将景写足，由远至近，由大至小，都有所涉及。按照常理来看，下阕应开始抒发词人自身的情感。但是，辛弃疾在下阕中却仍是写景，仍是写山，不过与上阕中，着重写山的形态不同，转而连用三个构思新颖的比喻，向读者展现山的神韵。可见词人在用典方面的娴熟与自然，同时也透露出了其旷达的胸怀。全词读完，令人回味无穷。

名家品词集

1. 杨慎《词品》：且说松（应为'说山'），而及谢家、相如、太史公，自非脱落故常者，未易闯其堂奥。刘改之所作《沁园春》，虽颇似其豪，而未免于粗。

2.《四库全书总目》：能于剪红刻翠之外，屹然别立一宗。

玩味辛词趣

1. 词谱秘籍

沁园春·灵山齐庵赋时筑偃湖未成

（○平声　●仄声　⊙可平可仄　△平韵　▲仄韵）

叠嶂西驰，万马回旋，众山欲东。正惊湍直下，跳珠倒溅；小桥横截，缺月初弓。老合投闲，天教多事，检校长身十万松。吾庐小，在龙蛇影外，风雨声中。

⊙●○○，●●○○，●●●△。●⊙○⊙●，⊙○⊙●；⊙○⊙●，⊙●○△。⊙●○○，⊙○⊙●，⊙●○○⊙●△。○○●，●⊙○○⊙●，⊙●○△。

争先见面重重，看爽气朝来三数峰。似谢家子弟，衣冠磊落；相如庭户，车骑雍容。我觉其间，雄深雅健，如对文章太史公。新堤路，问偃湖何日，烟水蒙蒙？

○○⊙●○△，●⊙●○○⊙●△。●⊙○○⊙●，⊙○⊙●；⊙○⊙●，⊙●○△。⊙●○○，⊙○⊙●，⊙●○○⊙●△。○○●，●⊙○○⊙●，⊙●○△？

在这首词中，韵脚为"东""弓""松""中""重""峰""容""公"和"蒙"。

2. 字句对碰

词的下阕中，哪句表达了词人期待偃湖早日建成的心理？

____

你知道还有哪些词是辛弃疾在闲居时期所作的？请列举一二。

____

3. 我问你答

请你说说，以下哪一项不是词人通过这首作品体现出来的思想感情？（　　）

A. 报国无门的苦闷与无奈。

B. 对于山川美景的喜爱与赞美。

C. 厌倦官场，希望能早日归隐山林的急切。

D. 对于偃湖能够早日建成的期待。

4. 诗词运用

请根据提示，把下面的诗句填写完整。

叠嶂西____，万马____旋，众山____东。

5. 诗词游戏

请用“松”字集诗句。

____

6. 诗词对碰

这首词与《贺新郎·甚矣吾衰矣》中，都提到了自己与青山拥有相似的情态。请你比较这两首作品，看看词人在其中表现出来的情态有何相同，又有何不同，并说明理由。

____

____

____

____

第十五讲　湖畔盟鸥

水调歌头·盟鸥

带湖吾甚爱，千丈翠奁开。先生杖屦无事，一日走千回。凡我同盟鸥鹭，今日既盟之后，来往莫相猜。白鹤在何处？尝试与偕来。

破青萍，排翠藻，立苍苔。窥鱼笑汝痴计，不解举吾杯。废沼荒丘畴昔，明月清风此夜，人世几欢哀？东岸绿阴少，杨柳更须栽。

解说

《水调歌头·盟鸥》作于淳熙九年(1182)，是辛弃疾因被主和派弹劾而落职闲居带湖之初。淳熙八年(1181)冬末，42岁的词人，正是年富力强之时，理应在朝堂之上施展自己的才能，实现自己的抱负，但是却被南宋政权罢官，只能回到刚落成不久的信州上饶带湖新居，开始了漫长的归田生活。这首词便是他在罢官归家不久后，有感而发所作。

这首词的主要特点是以“盟鸥”为题，又运用会盟体进行写作，在新奇中蕴含着丰富的思想情感。从表面上看，辛弃疾写的是游玩之趣，闲适之情。但是细读之下，可以透过词人想要与鸥鹭为友，寄情于山水的惬意，看到词人对人世间的悲欢和变迁的感慨。在反映词人生活的同时，还抒发了其抑郁和愤懑之情——国势渐衰，自己恢复中原的远大志向也无法实现。

注释

盟鸥：《列子·黄帝》有狎鸥鸟不惊的典故，指与鸥鸟约盟为友，永在水国云乡一起栖隐。化用李白诗，“明朝拂衣去(归隐去)，永与白鸥盟”。

带湖：在信州(今江西上饶)北灵山下。

翠奁：翠绿色的镜匣。这里用来形容带湖水面碧绿如镜。

先生：作者自称。

杖屦：手持拐杖，脚穿麻鞋。屦，用麻、葛做成的鞋。

“凡我”三句：表示与鸥鹭结盟，要互相信任，不要猜疑。鹭，鹭鸶，一种水鸟。

“破青萍”三句：描写鸥鹭在水中窥鱼欲捕的情态。

痴计：心计痴拙。

“不解”句：不理解我举杯自饮的情怀。

“废沼”三句：意思是过去荒凉的废池荒丘，如今变得景色优美。以带湖今昔的变化，感叹人世沧桑，欢乐和痛苦总是相继变化的。畴昔，以往，过去。

翻译

带湖是我最爱的地方啊，放眼千丈宽阔的湖水，宛如打开翠绿色的镜匣一样，一片晶莹清澈。我闲居无事，手扶竹杖，脚穿麻鞋，徜徉湖畔，一日里竟然千百次绕湖徘徊。鸥鸟鹭鸶啊，你既和我缔结盟好之后，就应常来常往，不要再相疑猜。还有那白鹤在什么地方呢？请你也邀请它一起来。

鸥鹭立于水边苍苔之上，时而拨动浮萍，时而排开绿藻，原来是在偷窥鱼儿，伺机而捕。可笑你只知盯住游鱼多么痴呆，却不懂我此时举杯的情怀。昔日这里是破败的池沼、荒芜的山丘，今夜已是月色皎洁，清风徐来。人世间几度欢乐，几度悲哀？河东绿荫尚嫌稀少，还须把杨柳多多来栽。

诵读点拨

辛弃疾在这首词的开头，便以“甚爱”二字，表达了自己对带湖的强烈情感，以此作为基调，统摄上阕。并且在第二句中，运用了比喻的手法，将千丈宽阔的湖水，比作翠绿色的镜匣，对带湖的晶莹清澈进行了高度的赞扬，也表明了自己“甚爱”带湖的原因。如此美景，也就无怪词人会“一日走千回”了。当然，此处的“千回”并不是实指，而是一种夸张的手法，闲居无事，拄杖纳屦，徜徉湖畔，竟一日而千回，以此来表达自己对于带湖的喜爱之深。这种表达方式与杜甫所写的“一日上树能千回”有异曲同工之妙。接下来，便是因甚爱带湖，而爱屋及乌，喜欢上了湖中的鸟儿，想与它们结为盟友。词人面对眼前的鸥鸟表达了自己的愿望：希望自己与它们结好盟约之后，就应常来常往，不要再相互猜疑了。这里，虽然辛弃疾说的是“相互”，与双方都有关，但实际词人只是表明自己绝无去伤害这些鸟儿的意愿，希望鸥鹭就像往常一样尽情栖游，不要因为自己的存在而担惊受怕。这句从修辞手法上看，运用了拟人的手法，将鸥鹭当成人来看待，对它们倾吐自己的想法；从格式上来看，与《左传·僖公九年》：“齐盟于葵丘曰：‘凡我同盟之人，既盟之后，言归于好。’”颇为相似，应是词人套用了《左传》的辞句，采用散文句法进行创作而成的。而“白鹤”二句，则是辛弃疾对鸥鸟的嘱托：希望它们能将白鹤也邀请过来。从爱眼前看得到的鸥鹭,发展到了爱没有看到的白鹤,使得其“爱”更进了一层。

在上阕中,词人极力描绘了带湖的美丽风光,也毫不掩饰地表达了自己对于带湖的喜爱。其中,我们可以看到词人在离开充斥着尔虞我诈的官场后,心灵收获到的宁静与满足。但是这种祥和背后,却又透着词人的落寞与悲伤。曾几何时,他是驰骋于沙场之上,威风凛凛、一呼百应的将帅。可如今,在其身边的只有这水中的鸥鹭,其失落,其凄凉,可想而知。但在词的上阕,作者并未透露出自己的愁苦,用笔皆轻松愉悦,这样“欲说还休”的表达,使得意境更深了一层,更加令人怜惜。

下阕也与上阕词人的遐想紧密地联系在了一起。词人一片真心,想要和鸥鹭结盟,可它们却不予理睬,只是立于水边苍苔之上,时而拨动浮萍,时而排开绿藻。它们并不理解辛弃疾的心情,立于苍苔之上也并非是在欣赏这美丽的带湖,只不过是在专心捕鱼罢了。面对这样的鸥鹭,词人只能对它们的“痴”付之一“笑”了。而“窥鱼笑汝痴计”中的这一笑,不仅是对鸥鹭专注于营求功名利禄的讥笑,更是对自己竟然没有可与盟者的苦笑。鸥鹭并非是词人的知己,它们对于他此时的情感并不能感同身受,使得辛弃疾不禁发出了“不解举吾杯”的感叹。盟友就在自己的身旁,可是孤单寂寞之情并未得到任何的缓解,无法可消。可见,词人此时举杯,并非是对自己与鸥鹭永结同好的庆贺,而是为浇灭心中的忧愁。虽说“借酒消愁愁更愁”,但愁苦并未在词人的心头停留很久。辛弃疾从自己新居的今昔变化中,体悟出了新的人生哲理——“人世几欢哀”——在这人世间,我们多少次欢笑着,又多少次悲伤着,最终的结局又是如何呢?世界在不断地变换,我们谁都无法知道。原本心中郁结的词人,在此处打开了自己的心境,在豁达乐观的心态影响下,他对于自己即将隐居的带湖所怀之喜爱也更加深切了。末句的“东岸绿阴少,杨柳更须栽”便是他要在此久居长栖的表现,是他想要抛开一切烦忧,就在此地,好好规划自己未来的美好生活的表现。以此结篇,恰到好处,又与开首的“带湖吾甚爱”形成了呼应。

如果说在上阕中,辛弃疾想要通过不说来表达自己的失望与孤独,那在下阕便是在向读者娓娓道出自己的心声了。这种舒缓的语言,承载着的却是极其浓烈的情感。这样的处理方式,同上阕相较,表现出来的效果又更进了一层。本以为在这天地间,虽无人知道自己的心意,但这自然中,与“我”相伴的鸥鹭定是知晓的，可事实却令人深受打击，其悲伤孤独，较之前更甚。

综上，我们可以发现，在这首词闲适美好的表面下，是作者的号哭，是他在向世人倾诉自己被迫隐居、有一身才能却无人赏识的落寞与孤愤。

名家品词集

1. 卓人月《古今词统》：文胜质则史，此妙在文中带质。

2. 李调元《雨村词话》：辛稼轩词肝胆激烈，有奇气。腹有诗书，足以运之，故喜用《四书》成语，如自己出。如“今日既盟之后”“贤哉回也”“先觉者贤乎”等句，为词家另一派。

3. 陈廷焯《云韶集》：此词一味质朴，真不可及。胜读鲍明远《芜城赋》。结二句，愈直朴，愈有力。

玩味辛词趣

1. 词谱秘籍

水调歌头·盟鸥

（○平声　●仄声　⊙可平可仄　△平韵　▲仄韵）

带湖吾甚爱，千丈翠奁开。先生杖屦无事，一日走千回。凡我同盟鸥鹭，今日既盟之后，来往莫相猜。白鹤在何处？尝试与偕来。

⊙●●○●，⊙●●○△。⊙○⊙●○⊙，⊙●●○△。⊙●○○⊙●，⊙●○○⊙●，⊙●●○△。⊙●●○●？⊙●●○△。

破青萍，排翠藻，立苍苔。窥鱼笑汝痴计，不解举吾杯。废沼荒丘畴昔，明月清风此夜，人世几欢哀？东岸绿阴少，杨柳更须栽。

⊙⊙⊙，⊙⊙●，●○△。⊙○⊙●○⊙，⊙●●○△。⊙●○○⊙●，⊙●○○⊙●，⊙●●○△？⊙○⊙○●，⊙●●○△。

在这首词中，韵脚为“开”“回”“猜”“来”“苔”“杯”“哀”和“栽”。

2. 字句对碰

（1）词的上阕中，哪句写出了带湖清澈、开阔的特点？

（2）辛弃疾在带湖闲居时，写了不少的作品，请你列举一二。

____

3. 我问你答

辛弃疾借鸥鹭表达了什么情感？（　　）

A. 对带湖的喜爱之情。

B. 对闲居生活的热爱之情。

C. 因落职闲居、无人理解而产生的孤独之情。

4. 诗词运用

请根据提示，把下面的诗句填写完整。

____青萍，____翠藻，____苍苔。

5. 诗词游戏

请用“鹤”字集诗句。

____

6. 读词写文

清刘熙载《艺概 · 词曲概》云：“词之妙莫妙于以不言言之，非不言也，寄言也。”也就是说，词的妙处在于它虽未明说写某样事物，但是并不代表它不在写这一事物，只是通过别的事物来间接地表达目标事物而已。请你细细品读辛弃疾这首词，说一说，它有何“不言言之”之妙。

____

____

____

____

第十六讲　暮春时节更相思

满江红·暮春

家住江南，又过了、清明寒食。花径里、一番风雨，一番狼藉。红粉暗随流水去，园林渐觉清阴密。算年年、落尽刺桐花，寒无力。

庭院静，空相忆。无说处，闲愁极。怕流莺乳燕，得知消息。尺素如今何处也，彩云依旧无踪迹。谩教人、羞去上层楼，平芜碧。

解说

关于这首词的写作时间有两种不同的说法，一部分人认为写于宋孝宗隆兴二年(1164)，当时辛弃疾在江阴军签判任上；另一部分人认为作于绍熙三年至五年(1192—1194)，辛弃疾于福建任提点刑狱、安抚使等官期间。

《满江红·暮春》一词是一首婉约缠绵的伤春相思词，全词意境优美，情感真挚。词的上阕写了江南暮春时节的园中景色，下阕则主要描写了词中之人因眼前之景而兴起的怀人之情。暮春之景年年相似，但那年此时离别之人，如今却杳无音讯，不知身在何方。词中女子的情感经历了一系列的变化：先从观景到思人，再由思也枉然而心生愁苦，最后想要登高望远，可又想到登高所看到的不过是一片空空的原野，想见之人的身影依旧不会出现。整个过程层层递进，将园中女子在暮春时节产生的对远行情人的思念之情表现得淋漓尽致。

注释

清明寒食：这是春天的两个节日。寒食，约在冬至后 105 天，与清明节时期相近，唐代之后，两个节日合并。

“花径里”二句：一番，前一个作一阵解，后一个作一片解。狼藉，散乱。

“红粉”二句：红花少了，绿叶多了。作者化用了李清照的《如梦令·昨夜雨疏风骤》里的“知否？知否？应是绿肥红瘦”。

刺桐花：植物，豆科。一名海桐。落叶乔木，春天开花，有黄红、紫红等色。生长在南方。

流莺乳燕：指权奸佞臣。他们鼓唇弄舌，搬弄是非。

“尺素”二句：如今书信在哪里也不知道，我想念的人也不见踪迹。“彩云”又作“绿云”。

翻译

我的家住在江南，又过了清明寒食时节。一场风雨过后，在花丛中的路上，落花一片散乱。落下来的红花，静静地随着流水漂走了，渐渐地觉得园林里青绿的树叶更为茂密了。我计算着日子：年年刺桐花落尽的时候，寒气也变得羸弱无力。

庭院寂静，我在此处白白地思念着他。我没有地方可以诉说我那强烈的忧愁。我害怕那些喜欢搬弄是非的莺莺燕燕得知我的内心。如今书信在哪里也不知道，我想念的人也不见踪迹。空教我上楼去瞭望。我到楼上去的次数太多了，实在没有脸面再上去了。即使是到了楼上也看不到我想念的人，只看见楼外的原野上一片碧绿。

诵读点拨

《满江红·暮春》描写了一位独守空闺的女子于暮春时节怀念远行的情人，但是又羞于启齿的情感状态，与婉约派词人的风格相似，是一首委婉缠绵的伤春相思之词。辛弃疾作为一位擅长写作豪迈沉郁词风的词人，能从女子的角度来叙写离别后的相思，可见其文学底蕴之深厚。但从另一方面来看，全词风格委婉，但不绵软；笔法细腻，但不平板。这种特点又与其自身的经历与平素的文风，关系密切。故而此词虽与其他长调章法相同，上阕侧重写景，下阕重在抒情，但是却使人感到不落俗套，与众不同。

词人在上阕中描写的是暮春时节，女子在园中所见的景象。

开首，词人便以“家住江南，又过了、清明寒食”二句点明了整个故事的时间与地点，看似简单的一笔，其后却暗藏玄机。首先，“家住江南”背后还透露了故事主人公的性格，她没有塞外女子的豪爽，是一位生于江南、长于江南的柔弱女子，心思细腻，温婉娇羞。而一句“又过了、清明寒食”不仅点明了抒情的特定时间，还以“又”字表明了自己与苦苦等待着的心上人分离时间之长，自己已不止一次熬过这暮春的寂寞与哀伤了，往年心中的哀恸一并被调动了起来。这两句为下文写残春时节的凋零之景做铺垫。接下来，词人连续将情感寓于景物描写之中进行表达。例如其后的“花径里、一番风雨，一番狼藉”便使用此种手法。经受风吹雨打的花儿已狼狈不堪，曾因花朵装饰显得格外美丽的小径也已是一片狼藉，正如苦待情郎归的那位女子一样，被岁月摧残，年华已逝，容颜不再。

紧接着，词人又以“红粉”二句来描写落花随流水漂去，树叶渐渐浓密的场景。从表面来看，此句仅是对风雨过后园中景色的客观描述，但“暗”与“渐”二字却透露了其内心的感受。周遭的一切在她的眼中都那么缓慢，时间在等待中被拉长，每一分、每一秒都异常难熬。

于是，她开始计算这样的时间究竟已过去了多久。词人以一“算”字，来收束对暮春景物的描写，并以刺桐花入词，将宽泛抽象的概念变为了实际可感知推断的存在，来表明春光的逝去，天气的转暖。在词作之中，我们鲜少可以看到刺桐花的身影，辛弃疾如此安排，可以看作是其生活环境所致，也可以认为是其匠心所在。此后的“寒无力”三字更是独特。以春初还在大地上游荡的寒气显得羸弱无力，快要离去，来暗示时间的流转，暗示一年又即将过去。同时，以女子熟知季节变化的特点，来表明她等待的时间之漫长。

由以上分析，我们可以看到上阕的写景，不仅为后面的抒情做好了铺垫，而且其景物描写本身就已带有年华已逝，容颜老去的忧愁。此外，在上阕的意象中，飘零的花朵与长势逼人的绿叶形成了鲜明的对比，若从辛弃疾自身的处境与心绪来看，我们可以大胆推测它暗喻着自己这般有才之人的失意与无才小人的横行。

词的下阕重在抒情，直写她的孤寂与苦闷、羞涩与矜持，将一位娇羞的年轻女子所怀有的相思之情全然刻画了出来。开首的“静”字承上启下，既指花朵凋零后院内的寂静，也指情人远行之后自己的孤寂。同时，在这样“静”的氛围之下，时间更为难熬，相思之情也更甚，可在这相思之情刚刚出现时，她就感觉到不过徒劳一场。可见，这样的相思之苦，她已年复一年地经历了许久，且心中早已知道，即使自己如此难熬，也换不来任何结果。之后的“无说处”更是加倍地表达出了她内心的苦闷与幽怨，她这万分的愁苦不仅无法对心中思念之人诉说，也因为害怕被喜欢搬弄是非之人听到而不敢对别人说起，这使得心中的闲愁又更上了一层。在这一心理活动中，我们也可以看到这位江南女子的羞涩与矜持：这段情感是属于自己内心的秘密，是无比珍贵、非同寻常的，是不能被外人知晓的。

既然无法缓解眼前的相思之苦，那还是想想远行的情郎吧，可他究竟在何方呢？词中的女子无从知晓，远方无音讯传来，也无踪迹出现。在这里，辛弃疾虽用了“彩云”这一美好的事物来称呼对方，表示她痴情未减，但是又以“依旧”二字来暗暗埋怨对方一直都未给自己传信告知消息的薄幸。这一痴一怨，与前文的相忆无处说一样，透露着其内心的惶惑与矛盾，欲爱而不得，欲罢而不能。结尾一句也把她的这种心理更进一步地表现了出来：她想要登楼远望，但是又感到害羞，也因登楼也看不到想见之人的身影而感到失落。

词人将女子思念情郎的心理刻画得如此缠绵悱恻，细腻宛转，实是令人叹服。但是，这首词解读到这一层并不能窥见辛弃疾究竟想要表达什么情感。人们在解读闺怨诗时，经常会试图将它与作者自身联系起来。在这首词中，我们若是如此分析，可以发现这是一首政治寄托词，以春意的衰颓暗示时局衰微，以盼望远行情人的音讯来表达盼望北伐消息，而畏惧流莺乳燕，则暗示了自己害怕被朝中奸佞污蔑的心情。从这一角度来看，词中这位饱受相思之苦的寂寞女子，是词人自己的化身。中国诗词本就有“香草美人”的抒情方法，这一解读角度，也并非无中生有。但是，我们在理解时不要过于执着于句句扣死，不如采取“有寄托入，无寄托出”的方式，更为合理。

比兴寄托是诗骚的传统，宋人填词也经常继承这种传统。不过辛弃疾在写作的过程中，并未将自己的寄托与文字全然相扣，使得作品带有“模糊性”。这种模糊性，不但不会对诗歌的艺术性造成损害，有时还会增强其魅力，吸引更多人进行探索。但对于读者来说，在欣赏诗歌时，不应字字句句都不放过，要懂得适可而止，思之过深，求之过实，难免会使诗歌失去其原本的意境。

名家品词集

1. 陈廷焯《云韶集》：幼安《满江红》《水调歌头》诸作俱能独辟机杼，极沉着痛快之致。亦流宕，亦沉切。

2. 沈曾植《稼轩长短句小笺》：此数章皆髀肉复生之叹。

玩味辛词趣

1. 词谱秘籍

满江红·暮春

（○平声　●仄声　⊙可平可仄　△平韵　▲仄韵）

家住江南，又过了、清明寒食。花径里、一番风雨，一番狼藉。红粉暗随流水去，园林渐觉清阴密。算年年、落尽刺桐花，寒无力。

⊙●○○，○⊙●、⊙○○⊙▲。○●●、●○○●，●○⊙▲。⊙●⊙○○●●，⊙●⊙●○○▲。⊙⊙⊙、⊙●●○○，○○▲。

庭院静，空相忆。无说处，闲愁极。怕流莺乳燕，得知消息。尺素如今何处也，彩云依旧无踪迹。谩教人、羞去上层楼，平芜碧。

⊙⊙●，○●▲。○●●，○○▲。●○○⊙●，●○○▲。⊙●⊙○○●●，⊙○⊙●○○▲。⊙⊙⊙、⊙●●○○，○○▲。

在这首词中，韵脚为“食”“藉”“密”“力”“忆”“极”“息”“迹”和“碧”。

2. 字句对碰

（1）词中哪句涉及颜色？

（2）以女子角度写的闺怨诗还有很多，请列举一二。

3. 我问你答

下面对这首词的理解和分析，不正确的一项是　（　　）

A. 上阕“又过了、清明寒食”一句中的“又”字表明时间不止一年，与后文“年年”相呼应。

B. “园林渐觉清阴密”一句以优美的笔调，描述了暮春时节，树叶茂密的生机勃勃之景，文字间透着词人对生命生长的喜悦。

C. 下阕运用了拟人的手法，描写了词中之人想要诉说心事，但是又怕被莺燕知晓的矛盾心理，耐人寻味。

D."语有全不及情而情自无限者",擅长于写豪壮沉郁之词的辛弃疾,又能以似水柔情写相思怨别,足见其大家风范。

4. 诗词运用

请根据提示,把下面的诗句填写完整。

____教人、____去上层楼,____芜碧。

5. 诗词游戏

请用"花"字收集诗句。

____

6. 诗词对碰

古往今来,不少文人都曾以女子的角度来写诗作词。请你试着比较晏殊的《蝶恋花·槛菊愁烟兰泣露》与辛弃疾的《满江红·暮春》,看看二者之间的异同。

蝶恋花·槛菊愁烟兰泣露

宋·晏殊

槛菊愁烟兰泣露,罗幕轻寒,燕子双飞去。明月不谙离恨苦,斜光到晓穿朱户。

昨夜西风凋碧树,独上高楼,望尽天涯路。欲寄彩笺兼尺素,山长水阔知何处?

____

____

____

____

第十七讲　怨春怀人

祝英台近·晚春

宝钗分，桃叶渡，烟柳暗南浦。怕上层楼，十日九风雨。断肠片片飞红，都无人管，更谁劝、啼莺声住？

鬓边觑，试把花卜归期，才簪又重数。罗帐灯昏，哽咽梦中语：是他春带愁来，春归何处？却不解、带将愁去。

解说

《祝英台近·晚春》是抒写别情的闺怨词，具体写作时间无法考证。

全词开首，离别的时间、地点都已点明，且让人感受到了难舍难分之情。“怕上”二句，所写的是分别之后，主人公境遇之凄凉冷清，所谓的“怕上层楼”，实际是因为登高眺远会令人伤感。“断肠”三句，描写暮春时节，花落满地，无人收拾，莺声呜啭，亦无人劝阻，进一步增添了她的愁苦。“鬓边觑”三句，描写了女子以花瓣占卜心爱之人何时归来的场景，细腻逼真，将其思念之深切全然表现了出来。“罗帐”以下，怨春怀人，极尽幽怨缠绵之致。其中，春带愁来而不解带愁去，运思巧妙。

注释

宝钗分：古代男女分别，有分钗赠别的习俗，即离别之意，南宋犹盛此风。钗，女子头饰物。

桃叶渡：在南京秦淮河与青溪合流之处，晋王献之送别爱妾桃叶之处。这里泛指男女送别的地方。

南浦：指送别之处。

断肠：多用以形容悲伤到极点。

飞红：指飘落的花瓣。

鬓边觑：斜视鬓边所插之花。

把花卜归期：用花瓣的数目，占卜丈夫归来的日期。

簪：作动词用，意思是戴簪。

罗帐：古代床上的纱幔。

翻译

在桃叶渡口，我们分钗别离，南浦烟柳黯淡，一片凄迷。从此，我最怕登楼，因为那十日九风雨的天气。片片飘飞的花瓣令人无比悲愁，风雨摧花全没人来救，更有谁劝那黄莺儿将啼声罢休？

看着鬓边戴的花，取下来用花瓣推算归期。刚戴到头上，又取下重新数一数。昏暗的灯光下，躺在纱缦罩着的床上，梦中哽咽自语：是春天把愁带来，春天不知回到哪里，为什么不把愁也带去？

诵读点拨

清沈谦在《填词杂说》中写道："稼轩词以激扬奋厉为工，至'宝钗分，桃叶渡'一曲，昵狎温柔，魂销意尽。才人伎俩，真不可测。"辛弃疾所写之词，主要为豪放风格，但在这首词中，则表现出了委婉，由此可证明辛弃疾的词风并不单一。

开首三句，是在追忆过往，点明了主人公与恋人分别的地点。在这里，词人巧妙地运用了三个与送别有关的典故，来回忆与恋人分别时的眷眷深情。"宝钗分"是第一个。古时，男女分别，有分钗赠别的习俗。白居易的《长恨歌》亦有句云："唯将旧物表深情，钿合金钗寄将去。钗留一股合一扇，钗擘黄金合分钿。"意为"只有用旧物来表达我对君王的一片深情，钿盒金钗寄到君王身边。钗留下一股盒留下一扇，我们一人分一半。"而"桃叶渡"原指的是南京秦淮河与青溪合流处的渡口，因晋王献之在此处送别其妾桃叶而得名。在这首词中是借指送别之处，也暗指送别的人乃是自己的心上人。"烟柳暗南浦"一句用了江淹《别赋》"送君南浦，伤如之何"的典故，其中的"南浦"在古诗中泛指送别的地方，而"柳"在古诗词中为依依惜别的意象。这三个典故融合在一起，构成了一幅情致缠绵的离别图景，将词中女子的不舍与忧愁表现得淋漓尽致，烘托出了她凄苦怅惘的心境。之后的"怕上层楼，十日九风雨"紧承"烟柳"句而来。春日将尽，又接连着遭遇狂风暴雨，致使花落满地，芳菲皆尽，如此凄凉之景，令人目不忍视，故而怕上层楼。但教人断肠之事，尚不在落红片片，更在于此种凄清之景，唯留自己一人面对，无人与共。但辛弃疾却并未直说孤寂，而是说落花片片无人管，莺声不住无人劝。江南三月，群莺乱飞，莺啼预示着春将逝去。寇准有词云"春色将阑，莺声渐老”，说的也是这一自然规律。词人在此处，用词委婉缠绵，但也可看出其对远行之人思念之深切。“怕上层楼”两句与“断肠”三句形成了心理层次上的不断递进，伤春之情一层更甚一层。“断肠片片飞红，都无人管”中，以一“都”字强调了“无人”，而“更谁劝”则在“无人”的基础上进一步抒发了词人的怨春怀人之情。

词人在下阕中，笔锋一转，从渲染氛围，烘托心情，转到描摹情态。内容虽然不同，但是情感仍与上阕相连。

换头转向动作的描写。把刚刚插上鬓边的花又取下来，数花瓣占卜远行之人何时归来，而这一动作，已不知重复了几回了。“觑”字，将闺中女子懒散倦怠的细微动态和百无聊赖的神情，生动地刻画了出来。她在努力克制自己去数花瓣，她明白自己已经重复了许多遍这个动作了，但是不知自己除此还想干什么，故忍不住“试把花卜归期，才簪又重数”。这一动作幅度也不大，但是极具特色。花飞尽，莺啼不住，春天的逝去无法阻挡，那怀人之情又该如何遣怀？鬓边的花给她带来了一个想法：用数花瓣来占卜归期。这是其内心的一丝希望，可她也明白，占卜并不可信，所以她一遍又一遍、一瓣又一瓣地数着，戴上去，又拔下来，不断地重复着单调的动作，让人觉得又可笑又心酸。在这里，词人运用了白描的手法，对人物的动作进行了细致的描写，塑造了一位痴情女子的形象。

然而，我们都知道，她的心情并不能通过数花瓣得到真正的平静，所以，辛弃疾又深入一笔，以女子的梦呓结尾，使得本已到达山重水复之境地的怀远之情，通过时间的推移，又打开了一个新的境界。

赵彦端《鹊桥仙》有句云：“春愁元自逐春来，却不肯、随春归去。”李邴《洞仙歌》一词中也有相似之句：“蓦地和春，带将归去。”本词中梦呓之语应是借鉴此两句而来。宋张侃在《拙轩集》中说，辛词中“欲春带愁去”，与王澡所作的《祝英台近》中“欲春知道瘦”之意（可堪妒柳羞花，下床都懒，便瘦也教春知道），是宋人晚春词中少有的佳句。可见辛弃疾这一句的艺术成就之高。此句以责问的形式出现，以梦呓的方式表达，显得变幻莫测，含义深远。虽说这种对于春的责问像是妇人在无理取闹，但越是毫无逻辑的指责，越显情意之浓郁，从而凸显出妇人的痴情。

沈祥龙在《论词随笔》中提到：“绵邈飘忽之音最为感人深至”，且“词贵愈转愈深”。从辛弃疾这首词中，我们可以看到他已巧得此法。从南浦分钗送别，到怕上层楼，再到数花卜归期及哽咽梦中语，整个过程纡曲递转，新意迭出。上阕中“断肠”三句，更是一波三折，从“飞红”到“啼莺”，从惜春到怀人，层层推进。而下阕由“占卜”到“梦呓”，动作与动作之间的关系，没有规律可循，场景也由现实的世界转向了虚幻的梦境。通过这样的描写，将痴情人为春愁所苦又无可奈何的心态全然表现了出来。

词的上下片分别围绕着一个“怕”字和一个“愁”字写来。风雨交加，故而怕上层楼；而身边无知己者，愁苦之情也无人可说。此“怕”、此“愁”，令人伤心。

古往今来，用词来抒写伤春怀远之情的文人，不在少数；而写得如此浓烈深致而又委婉者，实是不多。且以上分析，皆只是从文字来理解词作的，若是联系作者的身世经历来进行品读，这首词还有更值得人回味之处。

名家品词集

1. 刘克庄《后村诗话》：雍陶《送春》云：“今日已从愁里去，明年更莫共愁来。”稼轩词云：“是他春带愁来，春归何处，却不解和愁将去。”虽用前语，而反胜之。

2. 魏庆之《诗人玉屑》：“宝钗分……”，此辛稼轩词也。风流妩媚，富于才情，若不类其为人矣。……盖其天才既高，如李白之圣于诗，无适而不宜，故能如此。

3. 陈鹄《耆旧续闻》：余谓后辈作词，无非前人已道底句，特善能转换尔，……辛幼安词：“是他春带愁来，春归何处，却不解带将愁去。”人皆以为佳，不知赵德庄《鹊桥仙》词云：“春愁元自逐春来，却不肯随春归去。”盖德庄又本李汉老《杨花》词：“蓦地便和春，带将归去。”

4. 张炎《词源》：辛稼轩《祝英台近》……皆景中带情，而有骚雅。故其燕酣之乐，别离之愁，回文题叶之思，岘首西州之泪，一寓于词。若能屏去浮艳，乐而不淫，是亦汉魏乐府之遗意。

5. 卓人月《古今词统》：结尾数语，分明流莺声也。自然婉转销魂，怎生住得。

6. 沈谦《填词杂说》：稼轩词以激扬奋厉为工，至“宝钗分，桃叶渡”一曲，昵押温柔,魂销意尽。才人伎俩,真不可测。

7. 谭献《谭评词辨》:一波三过折。托兴深切,亦非全用直语。

8. 张惠言《词选》:此与德佑太学生二词用意相似,"点点飞红",伤君子之弃;"流莺",恶小人得志也;"春带愁来",其刺赵、张乎?

9. 陈廷焯《词则・大雅集》:讽刺语却婉雅。

玩味辛词趣

1. 词谱秘籍

祝英台近・晚春

(○平声　●仄声　⊙可平可仄　△平韵　▲仄韵)

宝钗分,桃叶渡,烟柳暗南浦。怕上层楼,十日九风雨。断肠片片飞红,都无人管,更谁劝、啼莺声住?

●○○,○●●,○●●○▲。⊙●○⊙,●●●○▲。⊙○⊙●○○,⊙○⊙●,●○●、⊙○○●?

鬓边觑,试把花卜归期,才簪又重数。罗帐灯昏,哽咽梦中语:是他春带愁来,春归何处?却不解、带将愁去。

●○▲,⊙⊙○●○○,⊙○●○▲。⊙●○○,⊙⊙●○▲:⊙○⊙●○○,⊙○⊙●?●○●、⊙○○▲。

在这首词中,韵脚为"浦""雨""觑""数""语"和"去"。

2. 字句对碰

(1) 在词的上阕中,哪句连用了三个与送别有关的典故?

---

(2) 词的下阕中,有两句词与唐朝诗人张籍《秋思》中的"复恐匆匆说不尽,行人临发又开封"有异曲同工之妙。请你说一说,是哪句?

---

(3) 请你说一说,辛弃疾还有哪些词是以女性视角来写的?列举一二。

---

3. 我问你答

从词风来看，这首词属于哪一派别？（　　）

A. 豪放派　　B. 婉约派　　C. 雅正派　　D. 云间词派

4. 诗词运用

请根据提示，把下面的诗句填写完整。

断肠片片飞____，都无人____，更谁____、____莺声住？

5. 诗词游戏

请用“莺”字集诗句。

____

6. 读词写文

古有以香草美人作为寄托，宣泄感情的艺术手法，辛弃疾对此也有所继承。请你联系辛弃疾的生平，来说说你对于这首词的理解。

____

____

____

____

第十八讲　春景述愁情

摸鱼儿·更能消几番风雨

淳熙己亥，自湖北漕移湖南，同官王正之置酒小山亭，为赋。

更能消几番风雨？匆匆春又归去。惜春长怕花开早，何况落红无数。春且住。见说道、天涯芳草无归路。怨春不语。算只有殷勤，画檐蛛网，尽日惹飞絮。

长门事，准拟佳期又误。蛾眉曾有人妒。千金纵买相如赋，脉脉此情谁诉？君莫舞，君不见、玉环飞燕皆尘土！闲愁最苦。休去倚危栏，斜阳正在、烟柳断肠处。

解说

《摸鱼儿·更能消几番风雨》是宋孝宗淳熙六年(1179)，辛弃疾南渡之后的第17年的作品。当时的他40岁，一直被朝廷调配到各地的他，再一次从湖北转运副使被调任为湖南转运副使。两三年间，他在不同的地方频繁地迁徙，始终没能在一个地方长久地任职。他曾在《论盗贼札子》里说："我生平刚拙自信，历来不被众人喜爱，恐怕话还没说出去，祸患就已经到来了。"可见其境遇之艰难。他的愿望乃是建立功业，然而无论在何处，都任职掌管钱粮之事，实是令人寒心。他心中明白，这种安排是朝廷刻意所为，他们不想让恢复派抬头。此次由湖北转运副使转为湖南转运副使的调动，让他离收复失地的志愿越来越远了。临行前，王正己在小山亭为他设宴送别，使得他感慨万千，于是写下此词。

这首词是一首忧时感世之作。上阕抒发了主人公对春光的留恋与珍惜，下阕则运用比喻的手法。全词的情调婉转凄恻，同时，柔中还带着刚毅之感。词表面写的是女子伤春、蛾眉遭妒，但实际上这只是词人借以抒发自己情感的媒介，其壮志难酬的愤懑以及对国家命运的关切皆寓于其中。此词托物起兴，借古伤今，融身世之悲和家国之痛于一炉，沉郁顿挫，寄托遥深。

注释

淳熙己亥：淳熙是宋孝宗的年号。淳熙己亥对应公元1179年。

漕:漕司的简称,指转运司。

同官王正之:作者调离湖北转运副使后,由王正之接任原来职务,故称“同官”。王正之,名正己,是作者旧交。

消:经受。

“算只有殷勤”三句:想来只有画檐下蛛网还殷勤地沾惹飞絮,留住春色。画檐,有画饰的屋檐。飞絮,飘飞的柳絮。

蛾眉:借指女子容貌的美丽。

相如赋:指司马相如的《长门赋》。

脉脉:绵长深厚。

君:指那些忌妒谗佞以邀宠的人。

玉环飞燕:杨玉环、赵飞燕,皆貌美善妒。

危栏:高处的栏杆。

断肠:多用以形容悲伤到极点。

翻译

淳熙己亥年间,我从湖北转运副使调任湖南,接任的王正之在小山亭摆下酒席为我饯行,于是我写下这篇赋。

还经得起几回风雨,春天又将匆匆归去。爱惜春天的我常怕花开得过早,何况此时已落红无数。春天啊,请暂且留步,难道没听说,连天的芳草已阻断你的归路?真让人恨啊,春天就这样默默无语,看来殷勤多情的,只有雕梁画栋间的蛛网,为留住春天整天沾染飞絮。

长门宫阿娇盼望重被召幸,约定了佳期却一再延误。都只因太美丽有人嫉妒。纵然用千金买了司马相如的名赋,这一份脉脉深情向谁倾诉?奉劝你们不要得意忘形,难道没看见玉环、飞燕都化作了尘土。闲愁折磨人最苦。不要去登楼凭栏眺望,一轮就要沉落的夕阳正在那,令人断肠的烟柳迷蒙之处。

诵读点拨

宋孝宗淳熙六年(1179)暮春,40岁的辛弃疾写下了这首词。他在绍兴三十二年(1162)就渡过淮水来投奔南宋,整整十七年,都未得到重用,其抗击金兵、收复中原的主张，也始终未被采纳，心中的远大抱负难以实现，仅在一些零散职位上蹉跎岁月。这次，他又被调任为湖南转运副使，掌管一路财赋。对于辛弃疾来说，这一职位并不能尽显其能，也让他离前线越来越远。他心中明白朝廷并无北上的雄心。故而当同僚为他饯行的时候，他有感而发，写下了这首词以抒发胸中的郁闷和感慨。

词的上阕，主要抒发了作者的惜春之情。开首“更能消几番风雨？匆匆春又归去”点明了此时已是暮春时节，禁不住几番风雨的摧残，春天便要真的离去了。紧接着，“惜春长怕花开早”二句则揭示了词人惜春的心理活动。因为担心一旦春天离开，花儿也会凋零，所以他甚至从一开始就害怕春天的花开得太早，这一心理描写使词人的惜春之情更进一层。“春且住”三句，则是词人对正要离开的春天深情呼喊：春啊，你且停住你的脚步吧。听说连绵的青草已延伸到了天涯海角，遮断了你的归去之路。可是春依旧未留下一句话，便悄悄地溜走了。词人对此惆怅万分，却也无可奈何。屋檐下的蜘蛛，仍在勤勤恳恳、一刻不歇地抽丝织网，沾惹那象征残春的杨柳飞花。如此看来，辛弃疾似乎认为那殷勤的虫儿比自己更有收获，此情可悲可悯。

而下阕换头，词人便运用汉武帝的陈皇后失宠的典故，来喻指自己的失意。从“长门事”到“脉脉此情谁诉”几句，我们可以看到自古以来就有因过于美丽而遭人嫉妒的先例，这里的陈皇后便是其中之一。她被打入冷宫后，花重金买得司马相如为她作《长门赋》，代她诉说心中的苦闷，以期打动汉武帝的心，可是在词中，她所等待的“佳期”却还是迟迟没有来到。这样复杂而又痛苦的心情，无处可说、无人可诉。这里悲痛之情已到达了顶峰，故“君莫舞”二句又转换对象，另辟蹊径，去谴责那些通过谗言获取宠幸的人，告诉他们不要得意忘形了，貌美善妒的杨玉环和赵飞燕最后都不过归于尘土罢了，在悲的基础上，叠加了一层愤恨的情感。其中“皆尘土”化用了《赵飞燕外传》附《伶玄自叙》中的语意。伶玄的妾樊通德能够讲赵飞燕姊妹的故事，伶玄对她说：“这个人已经灰飞烟灭了，当时她费尽心力做那些蛊惑人心之事，怎会知道自己最终不过是归于荒田野草之中呢！”在词的末尾，“闲愁最苦”等句使下阕从咏史又回到了写景抒情上来。登上高楼望远，想要排解自己心中的忧愁，可却只能看见那快要落山的斜阳，以及夕阳下被暮霭笼罩着的杨柳，这样的情景，反而更在人的心头增添了几分悲伤。词人在此处，让人不要这么做，实际是在凸显自己登高后的感伤之深。而其中的“烟柳断肠”，还和上阕的“落红无数”、春意阑珊相呼应。“斜阳正在、烟柳断肠处”一句又与“更能消几番风雨？匆匆春又归去”这一开头，两相对映，显得结构严密，章法井然。

全词上阕主要写春意阑珊，而下阕则主要写历史来抒情。有的学者认为辛弃疾在这首词中，是想借春意阑珊来衬托自己的哀怨。这一理解有理，但是还不够准确。词中固然有词人对自身遭遇的感慨，但是更多的还是他对南宋朝廷的担忧。所谓的春意阑珊，实际上是指国家运势日渐衰微。此愁是深沉的忧国忧民之愁，与一般词人作品中所述的闲愁大不相同。而在下阕中，词人是在用古代宫中女子的事迹，来比喻自己的遭遇，从而抒发“蛾眉见妒”的感慨。正因这种妒忌倾轧，南宋的志士都无施展之地，而这与宋王朝的兴衰命运是紧密相连的。

而这样的情感并未与“春去”这一主题脱节，二者是相辅相成的，在艺术手法上，有着峰断云连之妙。

在这首词中，无论是“风雨”，还是“落红”，抑或是“草迷归路”……种种意象都与当时的政治状况相呼应。金兵屡次进犯，使得南宋在外交、军事方面都遭到了重大的打击，国家动荡不安。但是当局又被奸佞把权，南宋朝廷软弱无能，有志之士无路请缨。词作中春意阑珊、风雨飘摇的景象不正与时政一一对应吗？殷勤的蜘蛛为留住春光，将全部的力量皆施展出来，词人以此自比，来表明自己的耿耿忠心，虽说自己位卑权轻，但愿意为了国家竭尽全力。下阕中“斜阳正在、烟柳断肠处”，这一暮色苍茫的景色描写，则是为点出南宋日薄西山、前途暗淡的趋势，同时也抒发了自己不受重用的郁闷。

综合以上分析，我们可以看到，这首词的艺术特点极为鲜明。第一，词人运用了多种写作手法，以比兴、拟人和用典，将自己内心的苦闷以及对国家、对时局的忧虑巧妙地表达了出来。第二，词人继承了屈原《离骚》以“香草美人”喻高尚品格及政治理想的传统，以写男女之情来反映现实的政治斗争。第三，本作缠绵曲折，沉郁顿挫，呈现出别具一格的词风。全词看似“婉约”，实际上却极哀怨，极沉痛，沉郁悲壮，曲折尽致。

名家品词集

1. 罗大经《鹤林玉露》：词意殊怨。“斜阳”“烟柳”之句，其与“未须愁日暮，天际乍轻阴”者异矣。使在汉唐时，宁不贾种豆种桃之祸哉。愚闻寿皇见此词颇不悦。

2. 陈廷焯《白雨斋词话》：稼轩“更能消几番风雨”一章，词意殊怨，然姿态飞动，极沉郁顿挫之致。起处“更能消”三字，是从千回万转后倒折出来，真是有力如虎。又云：“怨而怒矣。”然沉郁顿宕，笔势飞舞，千古所无。稼轩词，于雄莽中别饶隽味。……“休去倚危栏，斜阳正在、烟柳断肠处”，多少曲折，惊雷怒涛中时见和风暖日，所以独绝古今，不容人学步。

3. 陛云《唐五代两宋词选释》：幼安自负天下才，今薄宦流转，乃借晚春以寄慨。上阕笔势动荡，留春不住，深惜其归，但芳草无涯，春去苦无归处，见英雄无用武之地。蛛网罥花，隐寓同官多情，为置酒少留之意。当其在理宗（按：当为孝宗）朝曾拥节钺，后之奉身而退，殆有谗扼之者，故上阕写不平之气。下阕“蛾眉曾有人妒”更明言之：玉环飞燕，皆归尘土，则妒人者果何益耶？结句“斜阳”“肠断”，无限牢愁，即以词句论，亦绝妙之语。

4. 梁启超《艺蘅馆词选》：回肠荡气，至于此极，前无古人，后无来者。

5. 唐圭璋《唐宋词简释》：此首以太白诗法，写忠爱之忱，宛转怨慕，尽态极妍。起处大踏步出来，激切不平。“惜春”两句，惜花惜春。“春且住”两句，留春。“怨春”三句，因留春不住，故怨春。正壬秋谓“画檐蛛网，指张俊、秦桧一流人”，是也。下片，径言本意。“长门”两句，言再幸无望，而所以无望者，则因有人妒也。“千金”两句，更深一层，言纵有相如之赋，仍属无望。脉脉谁诉，“怨春不语”相应。“君莫舞”两句顿挫，言得宠之人化为尘土，不必伤感。“闲愁”三句，纵笔言今情，但于景中寓情，含思极凄婉。

6. 夏承焘《唐宋词欣赏》：他的豪放激昂的作品固然振奋人心，而婉约含蓄的也同样出色动人。如《摸鱼儿》和《青玉案·元夕》就是。……（《摸鱼儿》一词）肝肠似火，色貌如花。

玩味辛词趣

1. 词谱秘籍

摸鱼儿·更能消几番风雨

（○平声　●仄声　⊙可平可仄　△平韵　▲仄韵）

更能消几番风雨？匆匆春又归去。惜春长怕花开早，何况落红无数。春且住。见说道、天涯芳草无归路。怨春不语。算只有殷勤，画檐蛛网，尽日惹飞絮。

●○○●○○●？○○○●○▲。⊙○○●○○●，○●●○○▲。○●▲。●⊙●、⊙○⊙●○○▲。⊙○⊙▲。●●●○○，⊙○⊙●，⊙●●○▲。

长门事，准拟佳期又误。蛾眉曾有人妒。千金纵买相如赋，脉脉此情谁诉？君莫舞，君不见、玉环飞燕皆尘土！闲愁最苦。休去倚危栏，斜阳正在、烟柳断肠处。

○○●，⊙●○○●▲。○○○●○▲。⊙○⊙●○○●，⊙●⊙○○▲？○●▲，●⊙●、⊙○⊙●○○▲！⊙○⊙▲。●●●○○，⊙○⊙●、⊙●●○▲。

在这首词中，韵脚为“去”“数”“住”“路”“语”“絮”“误”“妒”“诉”“舞”“土”“苦”和“处”。

2. 字句对碰

（1）在词的下阕中，哪句是在告诉人们不要以凭高望远的方法来排消郁闷？

____

（2）辛弃疾的哪首词中，也表明了自己害怕登高望远的心情？

____

3. 我问你答

下面对这首诗的赏析，不恰当的一项是　（　　）

A. 继承屈原《离骚》的优良传统，用男女之情来反映现实的政治斗争。

B. 上阕中，词人写惜春又怕花开得早，更怕落红无数，苦心留春却又留春不住，怨春不语却又拼命挽留，情感在一层一层中不断递进。

C. 下阕中，以“玉环飞燕”来说明嫉妒别人、计算别人的人即使如今春风得意，也躲不过化为尘土的结局，表现出词人对于自身境遇的失意落魄。

D. 最后三句是说不要用凭高望远的方法来排遣郁闷，因为望到的烟柳斜阳凄迷景象，会让人想起南宋王朝昏庸腐朽、日落西山的现实，使得愁上更愁。

4. 诗词运用

请根据提示，把下面的诗句填写完整。

休去____危栏，____阳正在、____柳断肠处。

5. 诗词游戏

请用“春”字集诗句。

____

6. 诗词对碰

请从内容和表现手法两个角度，对《摸鱼儿 · 更能消几番风雨》以及《破阵子 · 为陈同甫赋壮词以寄之》两首词进行比较，看看它们之间有何异同。

____

____

____

____

第十九讲　元宵灯会

青玉案·元夕

东风夜放花千树，更吹落、星如雨。宝马雕车香满路。凤箫声动，玉壶光转，一夜鱼龙舞。

蛾儿雪柳黄金缕，笑语盈盈暗香去。众里寻他千百度，蓦然回首，那人却在，灯火阑珊处。

解说

此词作于南宋淳熙元年(1174)或二年(1175)，当时南宋边境正被强敌侵犯，国家日益衰弱，然而统治阶级却终日沉湎于歌舞之中，不愿面对山河破碎的现实，亦不去寻找收复国土的方法，只是以眼前的安逸来麻痹自己。看到这一切的辛弃疾想要改变现状，但是却无路可走，只能将自己心中的激情、哀伤与怨恨交织在一起，绘成了这幅元夕求索图。

这首词通过描绘元宵节的热闹场景，反衬出了一个孤高淡泊、超凡脱俗的女子形象，象征着词人的孤高品格，反映了他不愿与世俗同流合污的心理。整首词采用了对比的手法，上阕着重描写了灿若星河的花灯以及元夕盛会上的悦耳音乐，而下阕则重点塑造了一位与众不同的孤高女子的形象，她在灯火阑珊之处独立，显得格外特别与美好。整首作品构思巧妙，语言精致，表达并不露骨，那含蓄而又委婉的风格，令人感到回味无穷。

注释

元夕：农历正月十五日为上元节、元宵节，此夜称元夕或元夜。

“东风”句：形容元宵夜花灯繁多。花千树，花灯之多如千树开花。

星如雨：指焰火纷纷，乱落如雨。星，形容焰火。

宝马雕车：豪华的马车。

“凤箫”句：指笙、箫等乐器演奏。凤箫，箫的美称。

玉壶：比喻明月。亦可解释为比喻灯。

鱼龙舞：指舞动鱼形、龙形的彩灯，如鱼龙闹海一样。

“蛾儿”句：写元夕时的妇女。蛾儿、雪柳、黄金缕，皆古代妇女头上佩戴的各种装饰品，这里指盛装的妇女。

盈盈:形容声音轻盈悦耳。

暗香:此指女性身上散发出来的香气。

阑珊:零落稀疏的样子。

翻译

元宵夜的花灯繁多,仿佛东风于一夜间吹开了千棵树上的繁花,还吹落烟花,天空好似下起了星星雨。名贵的马儿拉着雕着精细花纹的马车,里面传出来的香味,充盈着整条马路。悠扬的箫声四处回荡,玉壶般的明月渐渐西斜,一夜鱼灯、龙灯飞舞,笑语喧哗。

美人的头上都戴着华丽的饰物,笑语盈盈地随着人群走过,身上香气飘洒。我在人群中寻找她千百回,猛然一回头,却在灯火零落之处发现了她。

诵读点拨

写元宵灯会的诗词不计其数,李商隐的《观灯乐行》、张祜的《正月十五夜灯》、苏味道的《正月十五夜》等,皆是描述灯会盛况的作品。而辛弃疾这首,可谓是其中的佼佼者。

词的上阕,主要描述的是元宵佳节的热闹,在此夜满城灯火璀璨,烟花绚烂,众人皆沉醉于欢乐之中。

词的开首,词人化用了唐朝诗人岑参的"忽如一夜春风来,千树万树梨花开"句,写就了"东风夜放花千树,更吹落、星如雨"的妙句。岑参在面对被大雪覆盖着的树干时,想到了春天绽于枝头雪白的梨花。而辛弃疾在面对满树的花灯及满天的烟火时,也展开了联想:春日的东风还未将百花唤醒,便先将灯花吹开,还从天上吹落了如星般灿烂的雨点。从描写的事物来看,这两句与其他写元宵灯会的诗作并无两样,但是这一想象,使得火树银花更具一番风味。之后,词人描写了车马游动、凤箫悦耳、灯月交辉的场景,无论是视觉上,还是听觉上,都使人感到热闹非凡。且在这一段的描述中,辛弃疾使用了"宝""雕""凤""玉"等字眼,写出了灯会的精致以及氛围的美好。这种场景就如同人间仙境一般,非寻常笔墨可展现,只能用这些华美的字词,才能表现出来。

不过,这首词的上片无特别独到之处,精彩之笔,还在下片。

在下阕中，辛弃疾将镜头转到了参加灯会的女子身上。他先从她们的发饰上说起，在那雾鬓云鬟之间，插满了精美的装饰品——蛾儿、雪柳、黄金缕，以此来展示女子们为了元宵灯会盛装打扮的样子。这些服饰华美的女子说说笑笑地随着人群走过，只有衣香仍在暗中飘荡。但她们都不是词人心中的女子，他于千百人中寻寻觅觅，却不见其踪迹。忽然，回头一看，在灯火冷清之处看到了她，似有所待地于彼处站立。在看到她的这一瞬，我们才恍然大悟，原来之前的花灯、烟火、凤箫、月光皆是为她所设，那一群群于闹市中穿梭着的盛装美女亦是为其出现做铺垫，她才是全篇的灵魂所在。

从文字表达上来看，上片末尾，“一夜鱼龙舞”中“一夜”二字，也不仅是说场景热闹，更是暗示自己寻那佳人的时间之长，与“寻他千百度”相呼应，表现了词人的痴情一片。可见词人笔墨之细致。

此外，还有学者认为，站在灯火阑珊之处的女子是辛弃疾内心的一种写照。从辛弃疾的生平来看，当时的他虽有满腹文韬武略，但是无人赏识，不被重用，心中的惆怅与落寞可想而知，便如站在熙熙攘攘的人群之外的那位女子一样，孤芳自赏。同时，这一形象给人以与世人不同的清高之感，体现了辛弃疾在受到冷落的情况下，亦不愿与世俗同流合污的高洁品质。

从词的风格来看，这是一首婉约词。虽说辛弃疾是豪放派的代表人物，但他写的这首《青玉案·元夕》与婉约派大家相比，毫不逊色。上片写元夕之夜灯火璀璨、车水马龙的繁华与热闹，下片写独立灯火阑珊之处，不合俗流的美人形象。而“众里寻他千百度，蓦然回首，那人却在，灯火阑珊处”的境界更是被王国维称为成大事业者、大学问者的第三种境界，这是非大词人不能道的境界。

名家品词集

1. 彭孙遹《金粟词话》：稼轩“蓦然回首，那人却在，灯火阑珊处。”秦、周之佳境也。

2. 谭献《谭评词辨》：稼轩心胸发其才气，改之而下则扩。起二句赋色瑰异，收处和婉。

3. 梁启超《艺蘅馆词选》：自怜幽独，伤心人别有怀抱。

4. 王国维《人间词话》：古今之成大事业、大学问者，必经过三种之境界：“昨夜西风凋碧树。独上高楼，望尽天涯路。”此第一境也。“衣带渐宽终不悔，为伊消得人憔悴。”此第二境也。“众里寻他千百度，蓦然回首，那人却在，灯火阑珊处。”此第三境也。此等语皆非大词人不能道。

玩味辛词趣

1. 词谱秘籍

青玉案·元夕

（○平声　●仄声　⊙可平可仄　△平韵　▲仄韵）

东风夜放花千树，更吹落、星如雨。宝马雕车香满路。凤箫声动，玉壶光转，一夜鱼龙舞。

⊙○⊙●○○▲，●⊙●、○○▲。●●○○○●▲。⊙○○●，⊙○⊙●，⊙●○○▲。

蛾儿雪柳黄金缕，笑语盈盈暗香去。众里寻他千百度，蓦然回首，那人却在，灯火阑珊处。

⊙○⊙●○○▲，⊙●○○●⊙▲。●●○○○●▲，⊙○○●，⊙○⊙●，⊙●○○▲。

在这首词中，韵脚为“树”“雨”“路”“舞”“缕”“去”“度”“处”这八个字。

2. 字句对碰

（1）在词的上阕，形容灯火璀璨、烟花灿烂的词句是哪句？

____

（2）古时还有哪位文人曾用美女来比喻自己高洁的品质的呢？请举出一二。

____

3. 我问你答

以下对于这首词的理解不正确的是　　（　　）

A. 词的开首，“花千树”与“星如雨”，运用了比喻与夸张的手法，写出了烟花之灿烂。

B. 词人通过“蛾儿雪柳黄金缕，笑语盈盈暗香去”两句反衬了“那人”的可爱与美好。

C. “风箫声动”“一夜鱼龙舞”仅写出了人们彻夜歌舞娱乐的热闹场景。

D. 词的末尾，词人以“那人”所在地的清冷，展现了自己孤高的品格。

4. 元宵灯谜

谜题：化妆完人显俏。（打一节日名）　　谜底：________

谜题：赤兔走千里。（打一元代剧作家）　　谜底：________

谜题：百里挑一两倾心。（打一字）　　谜底：________

5. 诗词运用

请根据提示，把下面的诗句填写完整。

风箫声____，玉壶光____，一夜鱼龙____。

6. 诗词游戏

请收集带“星”字的诗句、词句。

____

____

____

第二十讲　立春

汉宫春·立春日

春已归来，看美人头上，袅袅春幡。无端风雨，未肯收尽余寒。年时燕子，料今宵梦到西园。浑未办黄柑荐酒，更传青韭堆盘？

却笑东风从此，便薰梅染柳，更没些闲。闲时又来镜里，转变朱颜。清愁不断，问何人会解连环？生怕见花开花落，朝来塞雁先还。

解说

《汉宫春·立春日》是辛弃疾于宋孝宗隆兴元年（1163）写的作品。当时的词人住在京口（今镇江）。据邓广铭先生在《稼轩词编年笺注》“增订三版题记”中所说：“辛稼轩在‘锦襜突骑渡江初’的绍兴三十二年（1162），便已有了家室，亦即和先已寓居京口的范邦彦之女、范如山之妹成婚了。”可知词人此时刚刚成家。

这首词处处都与“立春日”这一题目相贴合。以“春已归来”开篇，对民间的欢乐习俗进行了描写：袅袅春幡，黄柑荐酒，青韭堆盘。但是词人自己对于天时人事有另一番体悟：塞雁尚怀恋乡土，更何况是人呢？词人对于故国的思念万分深切，可南宋的统治者们却安于现状，一点儿没有恢复中原之意。词中可见词人对此有着强烈的不满，还表达了时光已经流逝，英雄的年岁渐长，但才能仍无处施展的惆怅。

注释

立春日：古称“立春”春气始而建立，黄河中下游地区土壤逐渐解冻。

“春已”三句：谓从美人头发上的袅袅春幡，看到春已归来。

“无端”两句：言虽已春回，但仍时有风雨送寒，似冬日余寒犹在。

“年时”两句：燕子尚未北归，料今夜当梦回西园。年时燕子，指去年南来之燕。西园，汉都长安西郊有上林苑，北宋都城汴京西门外有琼林苑，都称西园，专供皇帝打猎和游赏。此指后者，表现作者的故国之思。

“浑未办”两句：言已愁绪满怀，无心置办应节之物。浑，全然。黄柑荐酒，黄柑酪制的腊酒，立春日用以互献致贺。

“却笑”五句：言东风自立春日起，忙于装饰人间花柳，闲来又到镜里，偷换人的青春容颜。薰梅染柳，吹得梅花飘香、柳丝泛绿。镜里转变朱颜，谓年华消逝，镜里容颜渐老。

“清愁”两句：言清愁绵综如连环不断，无人可解。

“生怕见”两句：言怕见花开花落，转眼春逝，而朝来塞雁却已先我北还。塞雁：指去年由塞北飞来的大雁。

翻译

从美人头发上的袅袅春幡，便可看到春已归来。虽已春回，但仍时有风雨送寒，似冬日余寒犹在。燕子尚未北归，想它今夜当梦回西园。我已愁绪满怀，无心置办黄柑酒、青韭盘等应节之物。

东风自今日起，便要忙于装饰人间花柳，闲来又到镜里，偷换人的青春容颜。清愁绵长如连环不断，无人可解。怕见花开花落，转眼春逝，而朝来塞雁却比我先回到北方。

诵读点拨

全词围绕着词人在立春时节的所见所感进行叙述，并且赋予了节物风光更深的含义，在哀怨之中又带着自嘲，内涵充实深沉。词的开篇便运用了典故，妥帖而又自然，不露痕迹，且以“袅袅”二字来形容春幡的摇曳之姿，静态的事物被赋予动态，让人感觉到春幡好像正被微风拂动，将盎然的春意表现了出来。从时间上说，这首词是辛弃疾南归初期所写的作品。他对恢复中原的密切关注以及其激昂奋发的情绪，在词中都已真切地显露了出来。

上阕一开始，便与词题相呼应，描写了立春日的光景。古人认为，在立春之日，春气始生，这一天是春天到来的信号。词人在此处表现了这一时节的民俗风光。他先以一个“看”字，将镜头聚焦到了女子在这一天所戴的头饰上，春幡在风中微微颤动，散播着春日的气息，也将词人因春归而产生的喜悦传达了出来。但是接下来的词句，却一反前文的岁月静好，转而开始表达词人对于寒风冷雨阻碍春来的幽怨。后又运用了比兴的手法，通过写南来的燕子梦归西园，来传达作者自己对于故国的想念，以燕子之梦写自己之情。其中，一个“料”字，使得原本荒诞的说法显得合理，又增添了几分趣味，还将客观存在于外界的事物与词人的主观思想联系起来，十分巧妙。且这只燕子，只能梦到西园，不能亲至，也暗示着西园所属的汴京，如今仍被敌人掌控着，词人虽有故国之思，但是并不能回到故里。

这一情感颇为沉痛。之后，词人又将读者的视野拉回到了立春日的风光之中，立春日应备的黄柑酒、青韭盘，作者都无心准备，显出他心烦意乱。其中缘由，并未在词中点明，但是，我们通过上下文的语句，可以推断是浓烈的故国之思和壮志难酬的悲伤，使他无心庆祝春日的到来，对这一切都失了兴趣。

下阕则抒写了词人对于春天又至的种种感受。他的思维从立春日发散到了整个春天。换头以一“笑”字，将上阕中的烦乱心情打散，并领起以下五句。词人所笑的，一是东风忙着给人间花柳染色，为了让姹紫嫣红铺满整个大地，不得消闲；二是东风一得空闲，便跑到镜中，改变人的容貌，使镜中人朱颜凋零，老态尽显。春日愈来愈美，词人却日渐衰老，外在的景物与人的容貌形成了鲜明的对比，词人虽说“笑”，但其情感底色确是极其悲凉的。自然永在不断地循环，人的生命却只有一次“春夏秋冬”。在忙碌的东风面前，词人感到了抱负还未实现，可时光却不断流逝的悲哀。由此可见，换头的“笑”，拥有一种正话反说的趣味。

而下文的词句，则是正话正说，将心头难消的愁绪直白地表现了出来。词人此处用了“解连环”的典故：秦昭王送给齐国的那一串玉连环，唯有击破，才可解开，词人心中的愁绪也是一样，与生命共始终，唯有走到生命的尽头才会消散，它不断地在滋生，无法可解。正如李清照所说的：“此情无计可消除，才下眉头，却上心头。”此种愁绪真是愁煞了人。“问何人”则更进一步，以询问的口吻，将词人急于摆脱自己心中沉甸甸的家国之情与生命之悲，但又无可摆脱的痛苦表现得淋漓尽致。此句中，含蓄地表达了词人对于南宋统治者苟且偷安、不重用能人贤士的埋怨。最后“生怕见花开花落，朝来塞雁先还”则将镜头转到了暮春之景，花开花又落，娇颜逝去，令人痛心。而自由北归的大雁，更是使词人悲痛：大雁尚能北归，自己却被困于一隅，难以动弹，不禁感叹人不如雁。这两句中，有惜春惜时的叹惋，有怀念故国的忧愁，也有对于南宋统治者不思进取的怨尤。全词就在这种情感中结束，词人上片中所抒发的无端忧烦得到了解释，全词的主旨也拨开了花开花落、塞雁先还的意象，显现了出来。

整首词在结构上设计严谨，在意境上深远悠长；同时运用比兴手法，使风雨、燕子、西园、梅柳、塞雁等事物都具有了象征的意味。全词表达含蓄，情感深沉，使得读者在阅读时能拥有较大的思考和探索空间。

名家品词集

1. 卓人月《古今词统》:“燕梦”,奇。下片无迹有象,无象有思,精于观化者。

2. 潘游龙《古今诗余醉》:“却笑”至“变朱颜”等句妙。

3. 梁启勋《词学》:词题曰“立春”,无甚本事,然可谓极回荡之致。

4. 俞陛云《唐五代两宋词选释》:上阕铺叙“立春”而已。转头处向东风调笑,已属妙语。更云人盼春来,我愁春至,因其暗换韶光,老却多少朱颜翠鬓,语尤隽妙。然则岁岁之花开花落,春固徒忙,人亦徒增惆怅耳。

玩味辛词趣

1. 词谱秘籍

汉宫春·立春日

(○平声 ●仄声 ⊙可平可仄 △平韵 ▲仄韵)

春已归来,看美人头上,袅袅春幡。无端风雨,未肯收尽余寒。年时燕子,料今宵梦到西园。浑未办黄柑荐酒,更传青韭堆盘?

⊙●○○,●⊙○⊙●,⊙●○△。⊙○⊙●,●⊙⊙●○△。○○●●,●○○⊙●○△。○●●,○○⊙●,⊙○⊙●○△?

却笑东风从此,便薰梅染柳,更没些闲。闲时又来镜里,转变朱颜。清愁不断,问何人会解连环?生怕见花开花落,朝来塞雁先还。

⊙●⊙○○●,●○○●●,⊙●○△。○○●○●●,⊙●○△。○○●●,●○○⊙●○△?○●●○○⊙●,⊙○⊙●○△。

在这首词中,韵脚为“幡”“寒”“园”“盘”“闲”“颜”“环”和“还”。

2. 字句对碰

(1) 词的上阕中,哪句体现了词人对于寒风冷雨阻碍春来的幽怨?

____

(2) 写春天的抒情诗词还有许多,请你说说你还知道哪些?列举一二。

____

3. 我问你答

在这首词中，辛弃疾运用了什么修辞手法来写东风？（　　）

A. 比喻　　B. 拟人　　C. 借代　　D. 夸张

4. 诗词运用

请根据提示，把下面的诗句填写完整。

生怕____花开花落，朝____塞雁先____。

5. 诗词游戏

请用“风”字集诗句。

____

6. 读词写文

有人认为“生怕见花开花落，朝来塞雁先还”一句将全词的主旨表现了出来，请你结合辛弃疾的生平，说说你如何看待这一说法，说出自己的理由。再结合你的生活经验，谈谈你对这句话的理解。

____

____

____

____

参考答案

第一讲　潇湘路上遇故知

2. 字句对碰

（1）鹧鸪声里数家村。

（2）山前灯火欲黄昏。

（3）鹧鸪声里夕阳西，陌上征人首尽低；宫女如花满金殿，只今唯有鹧鸪飞。

3. 我问你答

（1）A

（2）被排挤的不得志、今昔对比的慨叹、遇到故交的欣悦。

第二讲　赠友人词

2. 字句对碰

（1）铸就而今相思错，料当初、费尽人间铁。

（2）李白《黄鹤楼送孟浩然之广陵》；李白《送友人》。

3. 我问你答

B

第三讲　江行叹古今

2. 字句对碰

（1）叹人间、哀乐转相寻，今犹昔。

（2）苏轼《念奴娇·赤壁怀古》。

3. 我问你答

B

第四讲 抚今追昔之章

2. 字句对碰

(1) 季子正年少,匹马黑貂裘。

(2)《破阵子·四十年来家国》《烛影摇红·上元有怀》。

3. 你问我答

B D

第五讲 仿陶“思亲友”

2. 字句对碰

(1) 我见青山多妩媚,料青山见我应如是。

(2) 相看两不厌,唯有敬亭山。

3. 我问你答

C

第六讲 借梦说“悲”

2. 字句对碰

(1) 醉里挑灯看剑,梦回吹角连营。

(2) 陆游;夜阑卧听风吹雨,铁马冰河入梦来。

3. 我问你答

B

第七讲 登高伤怀

2. 字句对碰

(1) 求田问舍,怕应羞见,刘郎才气。

(2) 杜牧《赤壁》;苏轼《念奴娇·赤壁怀古》。

3. 我问你答

C

第八讲　登高怀古

2. 字句对碰

（1）年少万兜鍪。

（2）天下英雄谁敌手？曹刘。生子当如孙仲谋。

3. 我问你答

C

第九讲　登郁孤台

2. 字句对碰

（1）青山遮不住，毕竟东流去。

（2）陈子昂《登幽州台歌》；杜甫《登高》。

3. 我问你答

A

第十讲　怀古伤今

2. 字句对碰

（1）凭谁问、廉颇老矣，尚能饭否？

（2）苏轼《念奴娇·赤壁怀古》；杜牧《赤壁》。

3. 我问你答

C

第十一讲　江南春日山村图

2. 字句对碰

（1）城中桃李愁风雨，春在溪头荠菜花。

（2）千里莺啼绿映红，水村山郭酒旗风；竹外桃花三两枝，春江水暖鸭先知。

3. 我问你答

A

第十二讲　闲居记乐事

2. 字句对碰

(1) 西风梨枣山园，儿童偷把长竿。

(2) 稚子金盆脱晓冰，彩丝穿取当银铮；蓬头稚子学垂纶，侧坐莓苔草映身。

3. 我问你答

C

第十三讲　新居将成

2. 字句对碰

(1) 三径初成，鹤怨猿惊，稼轩未来。

(2) 陶渊明《归园田居・其一》；陆游《游山西村》。

3. 我问你答

C

第十四讲　闲居赏山水

2. 字句对碰

(1) 新堤路，问偃湖何日，烟水蒙蒙？

(2)《鹧鸪天・代人赋》《清平乐・村居》。

3. 我问你答

C

第十五讲　湖畔盟鸥

2. 字句对碰

(1) 带湖吾甚爱，千丈翠奁开。

(2)《丑奴儿・书博山道中壁》《鹧鸪天・代人赋》。

3. 我问你答

C

第十六讲　暮春时节更相思

2. 字句对碰

（1）红粉暗随流水去，园林渐觉清阴密。

（2）白居易《闺怨词》；温庭筠《望江南·梳洗罢》。

3. 我问你答

B

第十七讲　怨春怀人

2. 字句对碰

（1）宝钗分，桃叶渡，烟柳暗南浦。

（2）试把花卜归期，才簪又重数。

（3）《满江红·暮春》《满江红·敲碎离愁》。

3. 我问你答

B

第十八讲　春景述愁情

2. 字句对碰

（1）休去倚危栏，斜阳正在、烟柳断肠处。

（2）《祝英台近·晚春》。

3. 我问你答

C

第十九讲　元宵灯会

2. 字句对碰

（1）东风夜放花千树，更吹落、星如雨。

（2）屈原；曹植。

3. 我问你答

C

4. 元宵灯谜会

元宵；马致远；皆。

第二十讲　立春

2. 字句对碰

（1）无端风雨，未肯收尽余寒。

（2）杜牧《江南春》；李白《春思》。

3. 我问你答

B